# 소설가 구보 씨의 초대

김신운 장편소설

청어

# 소설가 구보 씨의 초대

김신운 장편소설

발 행 처 · 도서출판 청어
발 행 인 · 이영철
영    업 · 이동호
홍    보 · 천성래
기    획 · 남기환
편    집 · 방세화
디 자 인 · 이수빈 | 김영은
제작이사 · 공병한
인    쇄 · 두리터

등    록 · 1999년 5월 3일
(제321-3210000251001999000063호)

**1판 1쇄 발행** · 2020년 2월 20일

주    소 · 서울특별시 서초구 남부순환로 364길 8-15 동일빌딩 2층
대표전화 · 02-586-0477
팩시밀리 · 0303-0942-0478

홈페이지 · www.chungeobook.com
E-mail · ppi20@hanmail.net
I S B N · 979-11-5860-736-4(03810)

이 도서의 국립중앙도서관 출판시도서목록(CIP)은 서지정보유통지원시스템 홈페이지
(http://seoji.nl.go.kr)와 국가자료공동목록시스템(http://www.nl.go.kr/kolisnet)에서 이용
하실 수 있습니다.(CIP제어번호: CIP2020003510)

# 소설가 구보 씨의 초대

김신운 장편소설

# ＿작가의 말

다섯 번째 장편소설이다.

『소설가 구보 씨의 1일』은 박태원의 장편소설이다. 최인훈은 이를 패러디하여 70년대 초에 『소설가 구보 씨의 1일』 연작을 발표하였다. 나는 두 작품을 분석하여 『박태원과 최인훈의 「소설가 구보 씨의 1일」 비교 연구』라는 논문을 썼다. 나는 이 논문으로 학위를 받고, 대학에서 몇 년 학생들을 가르쳤다. 그런저런 사연으로 이 작품 『소설가 구보 씨의 초대』를 쓰게 되었음을 밝힌다.

그동안에 많은 세월이 흘렀다.

그렇지만 나는 이것을 물리적인 시간의 단위로 말하고 있는 것이 아니다. 여기에 약간의 유머나 풍자를 곁들인다면, 나는 이제 조금 농담을 해도 좋을 때가 된 것이다. 농담이란 어떤 농담이든지 그 농담의 대상보다 우월한 위치를 차지한다. 왜냐하면, 농담은 고귀한 것들을 야유하는 모든 비천한 것들의 역설이며 조롱이기 때문이다. 농담을 이런 뜻으로 받아들인다면, 나는 이제 지난 세월을 한걸음 비켜서서 바라볼 수 있게 된 셈이다. 그것은 추수가 끝나버린 논밭에서 농부가 모아들인 마지막 이삭이나 마찬가지다. 가난하고 늙은 농부라면, 그것이 그에게 기쁨이 될 것임은 분명하다. 무미건조하고 단조로웠던 지난 생애에 비추어, 그러므로 나에게는 이 작품이 농부의 작은 이삭과도 같은 것이라는 사실을 알아주신다면 고마운 일이다.

자, 그러면 나는 이제 소설가 구보 씨의 초대에 따라, 그가 들려주는 이야기 속으로 떠나보려 한다.

2020년 이른 봄
김신운

# __차례

작가의 말 • 5

1장. 풀밭 위의 점심 • 9

2장. 토론회 풍경 • 35

3장. 라라의 테마 • 57

4장. 정복자들 • 81

5장. 언덕 위의 하얀 집 • 105

6장. 추운 나라에 온 신부 • 135

7장. 섬으로 가는 길 • 161

8장. 위원회 풍경 • 185

9장. 섬의 초대 • 205


해설 • 231

— 유머와 풍자 사이, 그리고 고향학_김형중(조선대 교수, 문학평론가)

# 1장. 풀밭 위의 점심

프랑스 후기인상파 화가 에두아르 마네의 작품 중에 「풀밭 위의 점심」이라는 그림이 있다.

소설가 구보(丘甫) 씨가 눈앞에 문득 그 그림을 떠올렸던 것은, 분향소 옆 식당 벽을 장식한 대형 편백나무 숲 사진 때문이었다. 조금 전에 그는 빈소에 들러 문상을 마치고, 지금 막 식당에 들어선 참이었다. 장례식장마다 분향소 옆에 식당이 자리하고 있다는 것은 일대 아이러니가 아닐 수 없었다. 문상객들은 고인의 영정 앞에 국화꽃 한 송이를 바치고 두 번 절을 한 뒤에, 유족에게는 상심이 얼마나 크신지 어쩐지 하는 인사말을 하고는 식당으로 몰려가 처먹는 것이었다.

구보 씨도 예외가 아니었다.

분향소에서 나오자마자 그는 자기가 왜 식당으로 가고 있는지 자문해 보는 것이었으나 알 수가 없었다. 편백나무 숲 사진 너머로 고인의 얼굴이 어른거렸다. 임보(林寶), 소설가, 고교시절에 〈예감〉이라는 이름의 문학 서클에서 만나, 구보 씨는 오랜 세월 그와 함께 이 도시에서 살아왔다. 그런데 임보는 며칠 전에 등나무 그늘 아래 바둑을 두고 있다가 머리가 어지럽다고 드러누운 뒤에, 영영 다시 일어나지 못하고 말았다.

이른바, 행복한 죽음이었다.

주위에서는 그렇게 말하고 있었다.

구보 씨는 그러나 죽음이 그렇게 갑자기 갈라놓으리라고는 상상조차 해본 적이 없었다. 처음에는 도무지 믿어지지 않았고, 시간이 흐르면서는 상실감이 점점 더 커져서, 그는 친구의 죽음을 현실로 받아들이기가 여전히 그렇게 어려운 것이다. 그러나 알 바 없는 문상객들은 끼리끼리 어울려 식당으로 몰려가, 웃고 떠들고 즐기면서 맥주잔을 주고받고 있는 것이었다.

구보 씨는 그러나 차츰 마음이 가라앉았다.

모르긴 해도, 식당 건너편 벽을 장식한 대형 편백나무 숲 사진은 장례식장 주인의 남다른 취향의 반영인 것처럼 보였다. 나뭇가

소설가 구보 씨의 초대

지 사이로 스며드는 아침햇살이 유리병처럼 투명하고 영롱한 푸른 빛을 발하고 있었다. 숲속의 고요가 신선하고 깨끗하여, 보는 사람들에게 아늑하고 평화로운 느낌을 주는 사진이었다. 주인의 남다른 취향의 반영에 불과한 것일지라도, 장례식장 구석구석에 밴 가라앉은 분위기를 그것이 어느 정도 해소해 주고 있음은 분명한 사실인 것처럼 보였다.

"구보 선생님!"

저쪽에서 누군가 불렀다.

"선생님, 여기예요!"

안데르센베이커리 여주인이었다.

상아처럼 차고 가늘고 흰 손이었다.

그녀는 이 도시 문화계 인사들에게 널리 이름이 알려진 수필가였다. 그런데 사람들의 입에 오르내리는 그 이름만큼이나 다양한 평판을 지닌 여자이기도 했다. 그 중에는 이상하게 신비스런 몽환적인 분위기로 남자들의 마음을 산란하게 하는 여자라는 것이 있었다. 실제로 그녀에게서 저 아름다운 수로부인의 이미지를 느낄 수 있었다고 말하는 사람은 구보 씨만이 아닌 듯했다.

수로부인은 그 신비한 아름다움 때문에 산천의 영물에게 종종 사로잡히는바 되었다. 강릉태수로 부임하는 남편 순정공과 함께 바닷가를 지날 때에도 바다 용에게 사로잡혔는데, 백성들이 바닷물을 두드리며 노래를 지어 부르자 돌려보냈다. 신라향가「헌화가」의 배경설화다. 그런데 그녀의 몸에서는 알 수 없는 기이한 향내가 났다고 『삼국유사』에는 기록되어 있다.

안데르센베이커리 여주인에게서도 그런 몽환적인 아름다움이 풍긴다는 말이었지만, 그것이 칭찬인지 비난인지는 물론 구별하기가 쉬운 일이 아니었다. 그러나 이런저런 평판에도 불구하고 그녀가 충분히 아름답고 매력적인 여자라는 사실은 누구도 부인할 수 없는 일이었다. 사람의 몸이 가지는 어떤 꿈이 있다면, 그녀에게서 그런 열망을 강하게 느낀 적이 있었다고 말한 사람도 있었다.

"언젠가 보았는데, 그녀가 고개를 뒤로 젖히며 웃고 있는 것을 보았어."

하고, 그는 말했던 것이다.

"그 순간, 물결치는 머리칼 사이로 드러나는 목이 그렇게 눈부실 수가 없었어. 통통한 팔은 분홍빛으로 빛나고, 치아의 고른 열은 청결하고, 서늘한 눈매는 아득히 먼 곳을 응시하고 있었어. 사람의 몸이 가지는 어떤 꿈이 있다면, 그녀야말로 그런 열망을 강하게 환기시켜주는 여자라는 생각이 들었어. 그것을 소유할 수 있다면, 나

　　　　　　　　　　　소설가 구보 씨의 초대

는 그 순간에 죽어도 좋다고 생각했어."

이렇게 말했던 사람은 임보였다. 그런데 그는 이제 고인이 되어, 견고한 침묵에 싸여, 지금 영안실에 누워 있다. 구보 씨는 허전함이 다시 옆구리를 쑤시는 것이었다.

"선생님, 이쪽으로 오세요."

안데르센베이커리 여주인 옆에 두 사람이 앉아 있었다.

그 중에 한 사람은 '잠자리 그림'으로 이름이 알려진 화가였다.

잠자리를 소재로 한 단순한 그림들이었지만, 그것은 이 도시에서 손꼽히는 투자 대상으로 이미 소문이 나 있었다. 궁핍한 시대를 건너온 돈 많은 사람들에게는 그의 잠자리 그림이 어린 시절의 향수를 자아내는 강렬한 그리움의 표상이었던 것이 분명하였다.

그런데 그 작품들이 대부분 대필화가(代筆畵家)의 손으로 그려졌다는 사실이 최근에 알려졌다. 가난한 젊은 화가를 고용하여, 그는 수년간 자기 이름으로 그것을 그리게 하였다는 것이다. 화가는 그것으로 상당한 재산을 모았고, 이제는 이 도시 원로작가로까지 행세를 하고 있다는 것이었다.

그런데 대필작가에게 형편없는 대작료(代作料)를 지불하고 있었다는 것으로부터 문제의 발단이 시작되었다. 마침내 시민단체에서 정의감에 불타는 사람들이 들고일어나 그를 검찰에 고발하기에 이르렀다. 화가는 구속되지는 않았지만, 그 사건은 지금 재판에 계류 중이었다.

　"이 땅에서 글을 쓴다는 것이 무엇인지 생각해보고 있었어."

　구보 씨의 귓가에 갑자기 임보의 목소리가 울렸다.

　대통령이 저격되고, 낯선 신군부의 등장과 함께 계엄령이 선포된 그해 봄이었다. 독재정권과 군부통치 종식을 요구하는 시위가 전국으로 확산되고 있을 때였다. 계엄당국에서는 이 도시에 무장한 군인들을 투입하여 대대적인 진압에 나섰다. 술과 마약에 취한 군인들이 길거리에서 시민을 살해하고, 대검으로 임산부의 배를 갈랐다는 소문까지 돌았다. 그 기간에 수백 명이 살해되었으리라는 소문이 돌았지만 확인된 것은 아니었다. 그것들이 아직도 선명한 핏자국의 기억으로 남아 있던 때였다.

　무슨 일이었는지는 기억에 없지만, 구보 씨는 그날 시내에 나갔다가 시청 앞 횡단보도에 우두커니 서 있는 임보를 발견하였다. 신호등 불빛이 바뀌고 사람들이 바쁘게 오가는데도 그는 길을 건너지 않고 있었다. 구보 씨를 발견하고는 비로소 현실로 돌아오는 사람의 얼굴을 했다. 계엄사령부에서 지금 풀려나오는 길이라고 그가 말한 것은 2, 3분쯤 지난 뒤의 일이었다.

　"엊저녁에 저곳으로 끌려갔어."

임보는 길 건너편 시청 별관을 가리켰다.

구보 씨는 밤중에 잠을 자다가 갑자기 두들겨 깨워져, 영문도 모르는 채 그곳으로 끌려갔다고 말하는 그를 놀란 눈으로 쳐다보았다. 두 사람은 이 도시에서 동업자 비슷한 처지로 오래 살아왔지만, 그렇게 낯설게 느껴지는 이야기를 주고받아보기는 처음이었다. 여기서 동업자라고 말하는 것은, 그들은 오래전부터 함께 소설을 써온 작가였기 때문이었다.

그렇지만 서로 비교가 되는 처지이기도 했는데, 구보 씨가 서사의 힘을 믿는 이야기꾼이었다면 임보는 소설에서 특히 문장을 중시하던 문체론자였다.

투명한 감수성으로 빚어진 그의 유려한 문장은 특히 연작소설 『섬의 초대』에서 빛을 발했다. 약관의 나이에 이미 대가의 반열에 오른 그는, 권위 있는 문학상 수상 등으로 뛰어난 문학적 성취를 이루었다. 평론가들은 그를 타락한 현실의 껍데기만 그리는 피상적 사실주의에서 벗어나, 개인적인 환상과 이미지를 중시하는 표현주의 작가로 분류하기도 했다. 그러면서도 때로는 침묵하는 세계를 향해 질문을 던지는 사회성 강한 글을 발표하기도 했는데, 그중에 하나가 그를 계엄사령부로 끌려가게 한 문제의 작품이었다. 연작소설집 『섬의 초대』에 수록되어 있는 그 작품은, 어느 가상의 섬에서 일어난 소요사태를 진압하기 위해 출동하는 젊은 장교의 심리를 그린 소설이었다.

그런데 연행되자마자 격심한 구타로 정신이 나가버린 그에게, 군대를 이렇게 모욕해도 되는 것이냐는 첫 번째 질문이 던져졌다는 것이다.

"소설 전문가라고 부르던 하사관이었어."

연행된 문인들은 짧은 글을 쓰는 사람은 '시 전문가'에게, 긴 글을 쓰는 사람은 '소설 전문가'에게 배당되었다.

담당하사관은 임보에게 문제의 소설이 군대를 모욕했다는 사실을 시인하라는 집요한 추궁과 협박을 계속했다. 그러나 그것은 다만 가상의 이야기에 불과한 것일 따름이라고 말했던 것은, 공포와 수치심으로 정신이 나가버렸지만 그는 마지막 안간힘으로 자신을 버텨보려 했었기 때문이었다. 그러나 한 방에 무너지고 말았으니, 그것은 다만 하룻밤 사이에 일어난 일, 지난 생애를 통틀어서도 한 번도 상상해보지 못한 일이었다고 그는 말했다.

그렇지만 그는 그날 밤에 일어난 일들, 계엄사령부의 어두운 지하실에서 겪은 영문 모를 폭력과 공포에 대해서는 더 이상 말하려고 하지 않았다. 모르긴 해도, 그것은 아마 육체의 고통이 정신을 능가하는 비겁하고 야비한 체험이었기 때문이었을 것이라는 추측을 가능케 하는 대목이었다.

"이 새끼야, 그러나 어쨌든 군대 얘기잖아?"

그러나 소설 전문가는 지치지 않았고, 심문과 구타가 밤새 이어
지던 끝에, 임보는 최종 심사를 받기 위해 다시 옆방으로 끌려갔다.

"당신은 불온한 사람이군."

그는 대위였다.

"엊저녁, 당신이 쓴 소설을 봤소."

문제의 작품이 그의 책상 위에 놓여 있었다.

"그렇다고 나는 당신의 변명이나 해명 따위 듣자는 게 아니오.
불온한 것은 어쨌든 불온한 것이니까. 나는 다만 당신의 소설이 어
떻게 불온한 것인지 확인해보려는 것일 따름이오."

대위는 소설가쯤 안중에도 없다는 태도였다. 실지로 그는 서류
를 검토하고 전화를 받고 부하들에게 이것저것 지시를 내리는 등,
바쁜 모습이었다. 그런데 임보는 여기서 그만 엉뚱한 반문을 해버
리고 말았다.

'세상에는 별의별 좋은 놈 나쁜 놈 이상한 놈들이 다 있다. 카인
의 때로부터 오늘에 이르기까지, 세상에 널린 그 수많은 놈들을 불
러다가 이야기를 시키는 것이 소설이다. 소설이란 그래서 귀신이
나 짐승들의 이야기가 아닌 인간의 이야기인 것이다. 그렇다면 소

설에서 주로 다루는 인간은 그 중에 어떤 놈이겠느냐?'

이렇게 엉뚱한 질문을 던졌던 것은, 어쩌면 그는 자포자기에 가까운 심정이었기 때문이었는지 몰랐다. 사실상 그는 밤새 이어진 고문과 구타로 제정신이 아니었다. 그런데 여기서 예상치 못한 반응이 나타났으니,

"그거야 이상한 놈들이 아니겠소?"

빈정대는 말투가 분명하지만, 그러나 한결 누그러진 음성으로 대위가 되묻더라는 것이다. 소설이란 그래서 타락한 문학이 아니겠느냐는 것이 그 뒤에 이어진 말이었다. 아니, 소설이란 그래서 원초적으로 불온한 것이라고 임보는 말했다.

"그래서 당신의 소설은 불온해도 된다는 말이오?"

대위가 반문했다.

아니, 그것은 다만 소설의 어떤 특성을 강조한 말일 따름이라고 하자, 대위의 입가에 희미하게 비웃는 웃음이 떠올랐다.

'다른 말로 하자면, 소설이란 애초부터 그렇게 쓸모가 없는 것이다. 이상한 놈들이 쓸모가 없다는 사실은 다 아는 일이다. 소설은 그래서 도덕이나 법률이나 윤리의 잣대로 잴 수 없는 그 무엇인 것이다. 그런데 당신들은 새삼스럽게 왜 그것을 문제 삼으려고 하는지 나는 이해할 수가 없다. 계엄령이 선포된 이상, 군대는 이런 일

소설가 구보 씨의 초대

이 아니라도 할 일이 태산같이 많을 텐데 말이다.'

임보가 이렇게 말하자, 이번에는 대위의 입가에 확실하게 비웃는 웃음이 떠오르더니,

"좋소."

그런데 여기서 예상치 못한 일이 일어났다.

"당신은 집으로 돌아가도 좋소."

임보는 자기 귀를 의심하였다. 그것은 아마 이 도시를 장악한 계엄군이 내린 최초의 석방 명령이었을 것이라고 그는 말했다. 계엄사령부에 연행된 문인들 중에 그때까지 석방된 사람이 없었기 때문이었다.

"당신은 그러나 앞으로 이 일을 절대 남에게 발설하거나 글로 써서는 안 되오."

대위가 내건 석방 조건이었다.

"여전히 믿을 수 없는 일이었지만, 그러나 그 순간에 나는 그에게 일종의 공범의식을 느끼고 있는 자신을 발견하고 놀랐어."

설명이 불가능한 일들의 연속이었지만, 그러나 한밤중에 자행된 영문 모를 폭력과 공포가 실상은 비겁한 타협의 산물이었다는 것, 왜냐하면, 그것은 진실이 아니라 허위의 가면 뒤에서 이루어진 속임수였다는 것, 대위조차 자신을 그렇게 속이고 있었다는 것, 그것

이 속임수이며 허위인 이상, 인간성의 나약함에 비추어 그는 분명히 자신을 더 이상 버티고 있을 수 없다는 사실을 알고 있었으리라는 것, 임보는 그 순간에 자기가 느낀 대위와의 공범의식을 그렇게 설명하였다.

"하룻밤 사이에 일어난 일들이야."

그는 허탈해 있었다.

"도대체 이 땅에서 글을 쓴다는 것이 무엇이지?"

스스로에게 묻는 것이지만 동시에 그것은 대위가 던진 질문이기도 했다고 그는 말하였다. 무력감에서 벗어나지 못한 그는, 그 뒤로 오랜 기간 작품을 쓰지 않으면서 대부분의 시간을 바둑이나 두며 소일해버렸다. 아니, 작품을 쓰지 않은 것이 아니라 쓰지 못했던 것이라고 말해야 옳은 것인지도 모르는 일이었다. 그런데 화가는 그 세월 동안 대필작가가 그려준 그림으로 수입을 올리고, 성가를 누리며 살아왔다. 구보 씨는 그 불합리가 불편하고 화가 나는 것이다.

"선생님, 이쪽으로 오세요."

안데르센베이커리 여주인이 다시 손짓을 했다. 때마침 화가가 일어서는 참이었다. 구보 씨는 그 빈자리에 가서 앉았다.

"저 사람은 자기 자신을 겸연쩍어하고 있는 것 같아요."

구부정한 등을 보이며 식당 밖으로 나가고 있는 화가의 뒷모습을 보며, 안데르센베이커리 여주인이 웃음기 머금은 목소리로 말했다. 사람들이 신이 나서 입방아를 찧어대고 있는 것과는 달리, 그녀는 화가의 스캔들을 어느 정도는 유머러스하게 받아들이고 있는 것 같았다.

"아니, 그것은 너무 관대한 평가가 아닐까요?"

하고, 옆자리에 앉은 다른 사람이 끼어들면서 말했다.

"저 사람은 자기를 비난하는 사람들에게 오히려 잔뜩 화가 나 있을 걸요. 왜냐하면, 대필화가에게 그는 약속한 대작료를 꼬박꼬박 지불하고 있었으니까요. 지금 우리나라 최저임금이 얼마인지 아십니까? 그런데 저 사람이 지불한 대작료는 그보다 몇 배나 더 많은 것이었으니까요."

화가를 편들고 있는 것 같았지만, 그러나 그는 실상 그 말 속에 더 노골적인 비난의 뜻을 담고 있는 것이 분명했다.

이렇게 말한 사람은 구보 씨의 고등학교 후배인데, 이 도시에서 유일한 여자대학 행정실장이었다. 그런데 구보 씨는 얼마 전에 그 학교 신문에 실린 글을 우연히 읽게 되어, 아마추어이긴 하지만 그가 상당한 수준에 이른 문장가임을 알고 있었다. 「정복자들」이라는 제목의 그 글은 다큐멘터리 형식으로 쓴, 어느 시골학교에서 일어난 권력이동에 관한 리포트였다.

"자네 글을 읽은 적이 있어."

하고, 이번에는 구보 씨가 화제를 바꿨다.

"대학신문에서 읽었는데, 자네 글 솜씨가 대단하더군."

"뭘요."

행정실장은 계면쩍은 얼굴을 했지만, 그러나 속으로는 구보 씨의 칭찬이 싫지 않은 듯했다.

"그렇지만 그것은 소설도 아니고 수필도 아닌 어정쩡한 글인 걸요. 그냥 편하게 다큐멘터리 형식으로 쓴 글이거든요. 말하자면, 저는 족보에 없는 글을 쓰는 얼치기 문사라는 것이죠."

그러면서도 구보 씨의 말에 고무되었는지,

"우리 대학이 설립된 지 50년 됐어요."

하고, 그는 새로운 이야기를 꺼냈다.

행정실장은 4, 5분간 그 이야기를 했다.

우리 대학은 그래서 내년에 있을 개교 50주년 기념행사 준비로 지금 온통 야단법석이다. 가마솥처럼 뒤볶는 우리 현대사에서 50년이란 적지 않은 세월이다. 우리 대학은 그동안 이 도시에서 유일한 명문 여자대학으로 명성을 누려왔다. 이에 따른 적폐가 수없이 많지만, 나는 그 중에서도 '배타적 짝짓기'를 가장 큰 폐해라고 생

소설가 구보 씨의 초대

각한다. 여기서 말하는 배타적 짝짓기란 일종의 불공정거래를 의미하는 것이다. 그동안에 우리 대학 졸업생들은 단지 명문여대 출신이라는 한 가지 사실만으로 능력 있는 배우자를 마음대로 선택할 수 있는 혜택을 누려왔다. 그리하여 돈과 권력을 가진 남자와 배타적 짝짓기에 성공한 그들은 우리 사회에 어둡고 긴 그림자를 드리웠다. 남자는 세상을 지배하고 여자는 남자를 지배한다는 말은 너무 통속적인 것이어서 입에 올리기조차 민망한 것이다. 천지가 창조된 날로부터 남자들이 어떻게 근육 하나에 의지하여 생존해 온 저급한 족속이었는가에 대해서는 「창세기」에 자세히 언급되어 있다. 이브가 아담을 꼬드겨 선악과를 따먹게 한 이후로 여자를 당해낼 남자가 없었다는 사실은 지금도 여전히 유효하다. 그리하여 그들 부부가 밤마다 베개머리에서 모의하여 실행에 옮긴 수많은 악행들, 부동산투기, 위장전입, 이중국적, 세금포탈, 병역면제, 논문표절, 공금횡령 등등, 헤아릴 수 없는 해악들이 우리 사회를 얼마나 병들게 하였는지는 국회 인사청문회 등에서 충분히 입증된 바 있다. 대학 설립 50주년, 우리 대학은 이제 그 적폐를 청산하는 일대 선언을 해야 한다. '우리들의 잔치'가 아니라, 이른바 뼈를 깎는 성찰의 자리가 되어야 한다. 이번에야말로 나는 그것을 글로 써볼 작정이다. 이렇게 말하는 그에게,

"그것은 좀 위험한 발상이 아닐까?"

왜냐하면, 자네가 지적한 그 적폐로 말하자면, 이 도시에서 자유로운 사람이 없을 것이라고 하면서, 구보 씨가 아직 쓰지도 않은 글에 대하여 걱정 아닌 걱정을 하고 있는데, 문상객 한 사람이 앞 빈자리에 와서 앉으며 나붓이 고개를 숙여 인사했다.

"선생님, 여기서 뵙는군요."

개량한복을 단정하게 차려입은 그는, 예전에 구보 씨가 창작교실에서 지도한 적이 있었던 청년이었다. 지금은 시청이나 문화단체 등에서 주관하는 문예교실에서 문장론 강의로 이름을 날리고 있는 사람이었다. 지난봄에는 「그림자 아이들」이라는 작품이 신춘문예에 당선되어 활동하고 있는 동화작가이기도 했다.

"임보 선생님 별세 소식이 너무 뜻밖이어서요."

조용한 말씨로 그가 말문을 열었다.

"며칠 전, 선생님을 문학강연회에서 뵈었거든요. 선생님의 강연 주제는 '소설의 영속성'이었어요. 모처럼 듣게 된 강연이어서인지, 청중들의 반응이 대단했지요."

하면서, 그는 고인과의 마지막 시간을 이야기했다.

「창세기」에 보자면 '하느님이 천지를 창조하시면서 빛이 있어라 하매 빛이 있었고, 하느님이 그것을 보시니 매우 좋았더라.'라는 구절이 있다. 그런데 이것을 소설의 관점에서 보자면, 빅뱅 이전에 우주의 어딘가에 이미 전지적 시선을 가진 서술자가 있었고, 그는 하느님의 마음까지 꿰뚫어보고 있었던 것이다. 소설에서는 그것을 '전지적작가시점'이라고 하는데, 말 그대로 신처럼 전지적인 시선으로 대상을 바라보는 것, 그것은 인물과 사건을 서술해 가는 소설의 여러 요소 중에서도 가장 중요한 화자(話者)의 관점을 말하는 것이다. 그런데 천지창조 무렵에 벌써 그런 개념이 확립되어 있었다는 것은 분명 놀라운 일이 아니냐. 「창세기」의 저자가 처음부터 그 것을 인지하고 있었는지 어쨌는지, 혹은 후대의 기록자들이 의도적으로 끼워 넣었는지 어쨌는지는 모르지만, 그러나 그것은 천지가 창조되던 순간부터 이미 소설이 존재하고 있었다는 사실에 대한 결정적 단서인 것이다. 그렇다면 소설은 앞으로 지구가 멸망하는 순간까지도 존재하는 영속적인 그 무엇이 될 것이라는 전망이 그래서 가능한 것이 아니냐. 이렇게 결론을 내리는 강연의 주제가 재미있고 유니크한 것이어서, 자기는 지금도 그것을 생생하게 기억하고 있다고 동화작가는 말했다.

"그런데 선생님은 이제 영영 돌아올 수 없는 침묵의 세계로 떠나버리고 마셨군요."

이렇게 말하고 나서 얼굴을 붉히며, 그는 가만히 한숨을 내쉬었다.

"그런데 요즘 제가 지도하고 있는 문예교실 수강생 중에, 베스트
셀러 대하소설을 필사본으로 만든 사람이 있어요."

잠깐 침묵이 돈 뒤에, 동화작가가 갑자기 엉뚱한 이야기를 꺼냈
다. 그것은 어느 미지의 문필가지망생에 관한 이야기였다.

"열 권이나 되는 엄청난 분량을 노트에 일일이 베껴서 만든 것이
죠. 그런데 그것이 무슨 대단한 자랑거리라도 되는 양 으스대는 것
이었지만, 저는 기계인간의 정열이라고 말할 수밖에 없는 그 말을
듣는 순간에, 무엇이라고 말할 수 없는 어떤 강렬한 감정, 살인적
인 충동이 가득 치밀어 오르는 그 순간에…… 저는 그자의 목을 조
르고…… 다시 목을 조르고……."

구보 씨가 놀라서 쳐다보는데,

"꿈에서나 일어날 일을, 선생님은 꿈속에서처럼 얘기하고 계시
는군요."

안데르센베이커리 여주인이 생글거리며 말했다.

"아니. 꿈같은 이야기가 아니라 사실입니다."

동화작가가 정색을 하며 말했다.

"저는 그 사건으로 체포되기까지 했으니까요."

"정말이세요?"

안데르센베이커리 여주인이 놀라는 얼굴을 했지만 그는 더 이상 말하지 않았다. 잠시 뒤, 그는 구보 씨에게 목례를 남기고 일어섰다. 행정실장도 시간이 너무 오래 지체되었다고 하면서 자리에서 일어났다. 안데르센베이커리 여주인도 시내에 나가 잠깐 일을 보고 오겠다고 하면서 일어섰다. 문상객들이 한 차례 지나간 뒤여서, 식당도 눈에 띄게 한산해졌다.

구보 씨는 그러나 일어날 수가 없었다. 의무가 있는 것은 아니지만, 아무래도 발인 때까지는 분향소를 지키고 있어야 할 것만 같은 생각이 들었다. 문상객들은 유족보다 그에게 더 낯익은 친구들이 대부분이기 때문이었다. 그동안에 상주(喪主)가 식당으로 건너왔다. 두 사람은 영결식에 관한 이런저런 이야기를 나누고, 새로 찾아온 문상객도 두세 사람 더 만났다.

"조금 전에 시장실에서 전화가 왔어요."

하고, 상주가 말했다.

"아버지 영결식을 시민장(市民葬)으로 추진하고 있다는군요."

임보의 외아들인 그는 대학에서 희곡문학을 강의하고 있는 교수이고, 「피닉스」라는 이름의 극단 대표였다. 뚜렷한 직업이 없이 글만 쓰면서 살아왔던 아버지의 생애와는 대조적인 아들의 삶이 구보 씨에게는 대견하고 경이로운 것이었다. 그래서 생전의 문학적 업적을 기려, 시에서 임보의 영결식을 시민장으로 추진하고 있다는 사실에 우선 반가움을 느꼈다. 그런데 시의회에서는 정치적 계파에 따라 의견들이 갈라져서 아직까지 결론을 내지 못하고 있는 모양이라고, 상주가 조금 피곤한 음성으로 말했다. 오후까지는 그러나 가부간 결정이 날 것이라고 그는 말했다.

"좀 쉬고 계시죠."

상주가 돌아간 뒤에, 구보 씨는 휴게실로 갔다.

안데르센베이커리 여주인이 나간 지 두 시간쯤 지났다. 그녀는 아직 돌아오지 않고 있었다. 구보 씨는 자기가 그녀를 기다리고 있다는 생각이 들었다. 갑자기 왜 그런 생각이 들었는지는, 물론 설명하기가 쉬운 일이 아니었다. 어쩌면 그동안에 만난 수많은 문상객들 중에서도, 자기가 유일하게 기다리고 있었던 사람은 그녀뿐이었을지도 모른다는 생각이 들었다.

"정말일까?"

자문해 보는 것이었으나 알 수가 없는 일이었다.

"우리는 그 섬에서 어린 시절을 보냈어."

귓가에 다시 임보의 음성이 되살아났다.

휴전협정이 체결되던 그해 여름, 임보는 남해안의 작은 섬에서 태어났다. 어린 시절의 대부분을 그는 외딴 바닷가를 혼자 배회하는 고독한 소년으로 성장하였다. 그때의 인상들, 혹은 발견과 기억들이 그를 작가로 만들었을지도 모르는 일이었다. 도시에 와서 고등학생이 된 그를, 구보 씨는 〈예감〉이라는 이름의 문학 서클에서 처음 만났다. 학교는 다르지만 날마다 만나서 함께 뒹굴었는데, 그 무렵에 그를 통해서 알게 된 사람 중에 안데르센베이커리 여주인이 있었다.

무슨 일이었는지는 기억에 없지만, 어느 모임자리에 그는 예쁘장한 소녀애를 데리고 나타났다. 발그스름하게 빛나는 통통한 뺨에 솜털이 보송보송 느껴지던 초등학생이었다.

"그런데 제대하여 돌아오자 여대생이 되어 있었어."

그녀가 바로 안데르센베이커리 여주인이었다.

"몰라보게 성장한 그녀는 내 속에 어떤 강렬한 열망을 심어 주었어. 아니, 나는 그것을 열망이 아니라 열병이라고 말해야 옳은 것인지도 몰라. 젊은 시절의 어느 한때, 나는 그런 열병에 들떠 사방을 헤매 돌아다녔어. 아무리 가벼운 것일지라도 열병이란 처방이 없는 병이라는 사실을 나는 그때 처음 알았어. 그런데 나는 그것을 마음이 아니라 몸으로 앓았어. 몸으로 꿈을 꾸면서, 몸으로 앓고 있었던 것이야."

그런데 더 나빴던 것은, 그 무렵의 자기는 스스로도 이해하기 어려운 도덕률로 자신을 구속하고 있었던 것이었다고 임보는 말했다. 순결에 지고의 가치를 둔 그 도덕률의 명령에 따라, 자기는 그녀의 순결이 머리카락 하나 훼손되어서는 안 된다는 다짐을 하고 있었다는 것이다. 그리하여 그녀가 결혼하여 떠날 때까지, 자기는 그것을 속수무책으로 바라보고만 있을 수밖에 없었다고 그는 고백하였다.

"나중에야 나는 그것이 얼마나 어리석은 것이었는지 깨달았어. 파스칼은 피레네 이쪽에서의 진실이 저쪽에서는 거짓이 될 수도 있다는 말을 한 적이 있어. 그것을 그때 알았더라면, 나는 그 우매한 도덕률에서 벗어나, 더 아름다운 세상을 향해 훨훨 날개를 칠 수도 있었을 텐데……."

그런데 그는 이제 저 세상으로 가버렸다. 젊은 시절의 한때, 그가 몸으로 앓았고 몸으로 꿈꾸었던 여인은 그것을 아는지 모르는지 알 길이 없는 채로였다. 안데르센베이커리 여주인은 아직 돌아오지 않고 있었다. 그 순간에 휴대전화 벨이 울려서 받아보니, 보이지 않는 먼 저쪽에서 그녀의 목소리가 전해졌다.

"선생님, 저예요."

그녀가 말했다.

"그런데 길이 막혔어요."

소설가 구보 씨의 초대

"길이?"

"네. 택시 안에 있어요."

구보 씨가 무슨 일인가 하고 들어보니, 그녀는 택시를 타고 있었고, 시위대와 경찰 사이에 길이 막혀 꼼짝달싹 못하고 있다는 것이었다.

"시청으로 행진하는 시위대를 만났어요. 엄청난 규모예요. 방송에서는 10만 명쯤 될 거라고 하는군요."

그녀의 목소리는 잠기고 피곤해 보였다.

"경찰버스가 수십 대 몰려와 길을 막고 있어요. 산성처럼 높게 보여요. 시위대와 경찰이 그 사이에 대치하고 있어요. 시위대가 전진하면 경찰이 물러나고, 경찰이 전진하면 시위대가 물러나고……."

처음에는 '미국산 쇠고기 수입저지 촛불집회'였다고 그녀는 말했다. 그런데 어느 사이에 촛불이 피켓으로 바뀌었다. 시위대의 구호도 강렬해졌다. '시정문란 책임자 처벌'이 '시장 퇴진'으로 바뀌었다. '시장을 처단하라!'는 으스스한 구호까지 등장했다. 단두대를 암시하는 무시무시한 그림도 보인다. 시장의 머리를 단두대에 처넣어야 된다는 주장인 모양이다. 어떤 남자가 앞에 나가 피켓을 흔들며 구호를 외치고 있다. 50대로 보이는 수염을 기른 비쩍 마른 남자다. 경찰이 그에게 사정없이 물대포를 쏜다. 엄청난 물줄기가 사내의 머리 위에 폭포처럼 쏟아진다. 생쥐처럼 젖은 모습이 보기에 딱하다. 아니, 가련할 지경이다.

"아, 그런데 쓰러졌어요!"

그녀의 목소리가 다급해졌다.

"몇 번 꿈틀거리는 것 같지만 일어나지 못하고 있어요. 경찰이 달려들어 그를 뒤로 끌어내고 있어요. 죽었는지 살았는지 알 수 없지만……."

그녀의 음성이 차츰 멀어졌다.

구보 씨는 편백나무 숲 사진을 바라보았다.

마네의 그림 「풀밭 위의 점심」이 다시 떠올랐다.

그 무렵의 프랑스 화단은 실험적이고 모험적인 젊은 화가들의 열기로 가득했다. 그들은 국가 공모전이었던 〈살롱전〉의 권위에 집단적으로 반발하였다. 그들은 국가가 주도하는 공모전을 시대착오적인 것으로 여겼다. 그들의 반발이 거세지자 나폴레옹3세는 살롱전에서 낙선한 작품들만 모아 대중의 심판을 받게 하자는 해결책을 내놓았다.

「풀밭 위의 점심」도 이때 전시된 작품이다. 그런데 나체의 여인이 정장차림을 한 두 남자 사이에 배치되어 있는 이 그림은 그때까지의 전통회화와는 대조적인 것이어서 많은 논란을 불러일으켰다. 사람들은 신화 속 주인공을 모델로 한 것이 아니라 현실의 인물을 그대로 그렸다는 사실에 큰 반감을 나타냈다. 전통회화에서 존중되던 원근법의 파괴, 인상주의 회화에서 중시되던 빛과 그림자의 생략 등도 당시 비평가들의 눈에는 매우 낯선 것으로 보였다. 그러나 그 모든 비난에도 불구하고, 마네는 이 그림 하나로 인상주의의 변화를 예고하는 새로운 시대를 열었다.

서양미술사의 이면을 들여다보면 금방 알 수 있는 대목이다.

구보 씨는 여기서 의문이 하나 떠올랐다.

'마네의 그림에서, 정장차림의 두 남자 사이에 앉아 있는 아름다운 나체여인이 도전적인 시선으로 응시하고 있는 그것은 무엇인가?'

# 2장. 토론회 풍경

　그날 밤, 〈자서전문학회〉 회장후보 토론회가 열렸다.

　"자서전문학회가 앞으로 얼마나 영향력이 큰 단체가 될 것인지는, 코흘리개 어린애라도 모르는 사람이 없을 걸요."

　하고, 이 도시 문화계 인사들은 진즉부터 말해왔다.

　"회원들은 대부분 돈과 권력을 가진 사람들인데, 그들은 이 도시에서 대단한 성취를 이룬 사람들이거든요. 회장에 당선되기만 하면, 그래서 수많은 이권이 넝쿨째 굴러 들어오리라는 전망이 가능한 것이죠."

　토론회는 어느 초등학교 강당에서 열렸다.

　그런데 그것은 조금 특이한 모양의 디자인이어서, 참석자들에게 색다른 인상을 심어 주었다. 지난해, 이 도시에 처음 완공된 지하철 개통을 기념하기 위해 도시철도회사에서 지어준 건물이었다. 지하철은 지난 시장선거에서 가장 큰 이슈로 등장했던 공약사업 중 하나였다. 도시의 열악한 재정상태를 고려하여, 지하철 건설은 시기상조라는 것이 대다수 시민들의 의견이었다. 하지만 그것이 시대의 대세인 이상, 지하철 건설을 하루라도 늦출 필요가 없다고 주장했던 후보가 있었다. 중앙정부에서 예산을 끌어오면 된다는 주장이었는데, 시민들은 긴가민가하면서도 밑져봐야 본전이라는 생각으로 그에게 표를 몰아주었다.

그런데 시장에 당선되자마자 그는 중앙정부의 인맥들을 동원하는 놀라운 정치력을 발휘하여, 지하철 예산을 확보하는 일대 위업을 이룩해냈다. 도시철도회사에서는 지하철 개통과 함께 '문화지하철'이라는 그럴듯한 모토를 내걸었다. 문화를 표방하여 시의 품격을 높이고, 문화시민으로서의 긍지를 갖게 한다는 취지였다. 그리하여 도시철도회사에서는 모토에 걸맞은 사업을 추진하기 위해 노조까지 나서서 색다른 제안과 구상들을 내놓았다. 그 중에 하나가 이 도시에서 가장 오랜 역사를 자랑하는 초등학교에 강당을 지어 기증하는 일이었다. 강당이 완공되자 준공식이 열렸는데, 시장을 비롯하여 기라성 같은 인물들이 가위를 들고 나가 일제히 준공

　　　　　　　　　　　　　소설가 구보 씨의 초대

테이프를 끊었던 것은 말할 필요도 없는 일이었다.

"토론회를 시작하겠습니다!"

강당에서 토론회 시작을 알리는 멘트가 흘러나왔다. 문 앞에 삼삼오오 모여 잡담을 하고 있던 사람들이 우르르 강당으로 몰려갔다. 강당은 늙은 호박같이 생긴 머리통들로 가득 찼다. 그들이 내뿜는 입김과 때 이른 여름밤의 후끈한 열기 속에, 토론회는 그렇게 시작되었다.

"국민의례가 있겠습니다."

사회자가 청중을 일으켜 세웠다.

"국기를 향해 서 주십시오."

그런데 '국기에 대한 경례'와 같은 국가주의 색채가 짙은 의례에 반감을 느끼고 있는 사람들은 의자에서 일어나지 않았다. 그런 사람은 어디에나 있기 마련인지라 탓할 일은 아니었다. 그러나 몇몇 사람은 일어나지 않는 또 몇몇 사람에게 힐끔힐끔 못마땅한 시선을 던지는 것이었다.

"후보를 소개하겠습니다."

제1후보 A씨는 시인이었다.

얼마 전에 그는 『찔레꽃 그대』라는 시집으로 베스트셀러 작가가 된 사람이었다. 시집으로는 드물게 10만 권쯤 팔렸다고 하니 대단한 베스트셀러였던 것이 분명하였다. 그것으로 그가 얼마나 우쭐대는 시인이 되었을 것인가는 묻지 않아도 환하게 알 수 있는 일이었다. 그런데 알려진 바로는, 예전에 병원 청소부로 일하던 그의 아내는 아이를 혼자 방 안에 끈으로 묶어두고 출근하는 일이 잦았던 모양이었다. 아이를 돌봐주는 사람을 구하지 못할 정도로 생활이 어려웠기 때문이었는데, 세월이 흘러 형편이 나아지자 그만 유방암으로 세상을 떠나고 말았다. 이 절절한 사연이 그로 하여금 아내를 찔레꽃에 빗대 노래하게 하였고, 그것이 엄청난 베스트셀러가 되었다. 여세를 몰아, 그래서 그가 자서전문학회 회장에 입후보하게 된 것은 그러므로 어쩌면 당연한 수순이었는지도 모르는 일이었다.

제2후보 B씨는 수필가였다.

그런데 주위에서 주고받는 말들을 그대로 옮겨보자면, 그는 〈거지협회〉라는 것이 있어서 회장으로 추대한다면, 밤중에 마누라와 자고 있다가도 벌떡 일어나서 달려갈 사람이었다. 이름과 감투를 좋아하는 병이 골수에 깊이 맺혀, 공동묘지에 들어가기 전에는 고치지 못할 것이라는 뜻이었다. 실지로 그는 이 도시에 있는 여러 단체의 장이나 대표를 맡고 있는 것이 한두 가지가 아니어서, 그가 내미는 명함을 들여다보면 숨이 넘어갈 지경이었다. 이를테면 〈전국수필가협회〉부회장을 필두로 수없이 이어지는 직함은 〈수운지구 택지 재개발사업조합〉 조합장에 이르러서야 끝이 났다. 그 중에서도 그가 자랑스럽게 내세우는 것은 〈시장을 사랑하는 사람들의 모임〉 공동대표였다. 요컨대 그는 입으로는 문화를 표방하고 다니면서, 실지로는 관변단체에 빌붙어 살고 있는 낯 두꺼운 껄떡쟁이라는 것이 주위사람들의 평이었다.

제3후보 C씨는 국어교사였다.

햇병아리 교사시절부터, 그는 교장이 되려는 야망을 가슴에 불태우고 있던 사람이었다. 문화단체나 사회단체의 장이 되면 그것이 교장 자격 취득에 결정적으로 유리한 조건이 되리라는 조언을 해준 친구가 있었다. 교육청 장학사였는데, C씨를 부추겨 바람 부는 벌판과 같은 선거판에 뛰어들게 하였던 그는 교육감이 되는 것을 일생일대의 꿈으로 간직한 사람이었다. 그러므로 선거를 치르게 된 이상 수단 방법을 가리지 않고 당선되어야 한다는 것이 그의 조언이어서, C씨는 지금 그 첫 번째 관문을 돌파하기 위해 전의를 불태우면서, 눈앞의 두 라이벌을 노려보고 있는 중이었다. 그렇잖아도 무더운 때 이른 초여름 날씨인 데다가, 지하철 만원객실을 연상시키는 초등학교 강당의 답답함이 그로 하여금 더욱 강한 대결의식을 불태우게 하고 있었다.

그런데 사회자는 긴 사설을 늘어놓고 있었다.

"오늘, 역사적인 사명을 띠고 출범하는 우리 자서전문학회는, 전 국에서도 이 도시에서만 처음 결성된 문학단체로서…….."

참석자들 속에서 빨리 시작하라는 볼멘소리가 나오고, 당신이 회장후보냐고 야유하는 소리도 터져 나왔다. 사회자가 성난 표정을 짓더니, 본론으로 들어가겠다고 선언하면서, A씨에게 '자사전문학이란 무엇이냐'고 느닷없이 물었다. A씨가 놀라서 수필문학의 일종이라고 초등학생처럼 대답하자, 여기저기서 웃음소리가 새나왔다. 문학개론서에 나오는 그 수필문학이냐고, 사회자가 다시 다그치듯 물었다.

"예."

"그러면 수필문학이란 무엇이죠?"

"붓 가는 대로 쓰는 글입니다."

A씨가 대답하자 갑자기 비명 같은 소리가 터져 나왔다.

"뭐라구요?"

C씨였다.

수필을 '붓 가는 대로 쓰는 글'이라고 정의하는 것은 무책임하고 모욕적인 언어의 유희다. 몽테뉴에 의하면, 우리의 '수필'에 해당하는 '에세이(essay)'는 원래 '시도한다'라는 뜻을 가진 말이다. '시도한

소설가 구보 씨의 초대

다'라는 말은 '시험 삼아 써본다'라는 뜻으로서, 그 속에는 '의도적으로 쓴다'라는 의미가 들어있다. '의도적'이라는 말은 그 속에 또한 '픽션(fiction)'의 뜻을 강하게 내포하고 있다. 소설의 기본요소로 강조되는 이 '픽션'을 우리는 '허구(虛構)'라는 말로 번역하는데, 소설에서의 이 허구야말로 '가공으로 지어낸', 그래서 '거짓인' 그러나 가장 '그럴듯한 세계의 이야기'인 것이다. 생각해 보라. 작가들이 위대하거나 천박하거나 허접하거나 간에, 특유의 독특한 상상력으로 꾸며낸 이야기가 아니라면 독자들은 왜 굳이 소설을 읽으려 하겠는가. 소설이란 현실이 아니라 작가가 상상력을 동원하여 지어낸 이야기이기 때문에, 아무리 허접하고 하찮은 것일지라도 독자들은 그것에서 특별한 재미와 기쁨을 맛보는 것이다. 그러므로 '젊은 남자와 여자가 만나 사랑에 빠졌다'거나 '노인이 외로움을 견디지 못해 생일날 아침에 자살했다'라는 식의 이야기를 소설에서나 일상에서나 똑같이 할 수는 있지만, 그것은 본질적으로 다른 세계의 이야기가 되는 것이다. 왜냐하면, 현실세계의 일은 시간의 흐름에 따라 사건들이 전개되는 자연발생적인, 그래서 '1차 이야기'에 불과한 것이지만, 소설에서의 이야기는 작가가 의도적으로 꾸민, 그래서 가공된 '2차 이야기'가 되는 것이기 때문이다. 여기서 다시 몽테뉴로 돌아가 보면, 그가 쓴 수많은 '에세이'는 그동안 우리나라

문학 이론가들이 무책임하게 정의하였던 '붓 가는 대로 쓴 글'이 아니라 처음부터 의도적으로 창작된, 그래서 '픽션의 요소가 가미된 글'이었다는 사실에 대하여 우리는 손톱만큼도 의심할 필요가 없는 것이다. 몽테뉴는 현대 수필문학의 비조로서, 찰스 램이나 임어당(林語堂)이나 피천득(皮千得)으로 이어지는 세계의 모든 위대한 수필문학의 흐름이 그의 『수상록』에서 비롯되었다는 사실은 문학개론서에 등장하는 기초 이론에 해당하는 것으로서…… 그러므로 자서전문학이 수필문학의 한 장르가 분명한 이상…… 그래서 본인이 '자서전에 픽션을 허(許)하라'고 주장하는 것은…… C씨가 여기까지 말하자,

"국어강의를 하는 거요?"

누군가 다시 소리를 질렀다.

여기저기서 야유하는 소리가 터져 나왔다.

"그래서 당신은 자서전을 소설처럼 상상으로 꾸며 지어내도 되는 것이라고 주장하는 것이오?"

토론회장의 열기를 반영하듯, 토론회는 초장부터 그렇게 열띤 설전으로 시작되었다.

"그러면 이제부터 후보들의 가훈을 듣는 시간을 갖도록 하겠습니다."

왜 하필이면 가훈이냐고, 여기서 누군가 또 소리를 지르는 바람에 분위기가 다시 시끌시끌해졌다.

"왜냐하면……."

하고, 사회자가 말했다.

가훈이란 그 사람의 인품이나 성격 형성과 불가분의 관련을 가지는 것이기 때문이다. 예컨대 '잘 살아보자'라는 가훈을 가진 집이 있다면, 우리는 그 가훈에서 자동적으로 그 옛날 '새마을운동'의 이미지를 떠올리는 것과 같은 이치다. 새마을운동으로 말하자면, 지나간 어떤 시대의 욕망이 강렬하게 결집된 사회현상이었다는 사실에 대해서는 삼척동자라도 모르는 사람이 없는 일이다. 그것은 개인의 선택이나 의지를 초월하여 존재했던 것이고, 그래서 시대의 행복과 불행을 초월하여 먼 훗날에까지도 기억되어야 하는 역사적 사실로 남아 있게 되었던 것이다. 그러므로 우리가 오늘 이 자리에서 후보들의 가훈을 들어보자고 하는 것은…… 사회자가 여기까지 말하자, 그렇다면 우리 집 가훈은 '이름을 소중하게 여긴다'는 것이라고, B씨가 먼저 다른 후보들을 제치고 나섰다.

"당신의 명함을 보면 수십 개의 직함이 나열되어 있는데, 그것이야말로 명예욕에 눈먼 자의 '이름'이 아닌가요?"

A씨가 비꼬는 어조로 토를 달았다.

"아니, 그것이야말로 '이름을 소중하게 여긴다'는 선대의 가훈을 현실로 실천한 것일 따름입니다."

B씨가 말하자 여기저기서 실소가 터져 나왔다.

그렇지만 웃을 일이 아니라고, B씨는 정색을 하며 말했다.

아버지가 물려주신 우리 집 가훈에서의 '이름'이란, 세상에 존재하는 모든 존재로서의 존재, 다시 말하여 '자기정체성'에 관한 것이다. 생각해 보라, 사람들은 수천 년 전부터 자기 이름 석 자를 후세에 남기기 위해 글을 배우고 재산을 모으고 자식을 낳으며 살아왔다. 심지어 어떤 사람은 그것이 후대에 영원히 기억되기를 염원하면서 단단한 돌에 새겨 놓기도 한다. 그러므로 우리 집안의 '이름을 소중하게 여긴다'는 가훈을 마음에 깊이 간직하며 살아오고 있었던 것은, 그 '이름'이야말로 나의 존재를 확인해 주는 그 무엇이었기 때문이었던 것이다. 야만인은 자기 이름을 숨기는데, 남이 알면 주술적인 방법을 써서 그 이름의 소유자를 죽이거나 미치게 하거나 종으로 만들 위험성이 있기 때문이라고 쓴 문화인류학자가 있다. 그런데 그것이 문명세계로 오면, 심지어 '명예를 가볍게 여기라'고 주장한 글을 쓴 사람도 그 책에 자기 이름을 똑똑히 박아 넣는다고 비꼰 로마시대의 철학자도 있었다. 이런 이야기들은 '이름' 속에 내포된 모순과 불합리를 풍자하고 있는 것처럼 보이지만, 역설적으로 우리는 그것을 현실로 받아들이지 않으면 안 된다는 교훈으로 해석할 수도 있는 것이다. 요컨대, 이 세상에 존재하는 모든 존재는 그것을 존재하게 하는 이름을 갖고 있다. 성경에서 보자면, 하나님이 창조한 최초의 인간 아담이, 주위에 있는 사물을 보고 손으로 가리키며 소리를 내면 그것이 곧 그 사물의 이름이 되었다. 이름이 곧 그 존재가 된다는 사실은 이로써 자명해지는 것이다. 그러므로 실용적이며 철학적인 뜻을 지닌 그 '이름'으로 우리집 가훈을 삼았다는 것은…… B씨가 여기까지 말하자 시끌시끌하던 분위기가 슬그머니 잠잠해졌다.

"아, 대단한데요!"

사회자가 감탄하는 것이었는데,

"여러분, 이처럼 원대하고 심오한 철학적 뜻을 지닌 가훈을 소개해 주신 B후보께 큰 박수를 보내주십시오."

참석자들은 서로 돌아보다가 슬그머니 박수를 쳤다. 하지만 그 2할이 진심이라면 8할은 비꼼일 것이라는 사실에 대해서는 모르는 사람이 없다는 듯한 표정들이었다. 왜냐하면, 자기 집 가훈으로 내세운 그 '이름'으로 B씨가 평소에 얼마나 낯 두꺼운 일을 해오고 있었는지에 대해서는 모르는 사람이 없었기 때문이었다.

두 후보의 가훈도 차례차례 소개되었다. 그런데 A씨의 '배반하지 않는 친구는 책밖에 없다'라는 것이나, C씨의 '처마에서 떨어지는 낙숫물이 돌에 구멍을 낸다'라는 가훈은 너무 모호하거나 너무 의미심장하거나, 아니면 그냥 '독서'나 '노력'이라고 하면 될 것을 너무 기교를 부려 표현한 것 같은 느낌을 주는 것이어서, 청중들의 호응을 얻지 못했다는 것은 더욱 분명한 사실로 보였다.

"다음으로는, 오늘 토론의 핵심주제인 회장후보 공약을 발표하는 시간을 갖겠습니다."

이번에는 자기가 먼저 발표하겠다고 C씨가 나섰다.

"그러지 말고, 잠깐 쉬는 것이 어떻겠습니까?"

누군가 여기서 제동을 걸고 나섰다.

"예, 그럽시다! 잠깐 쉬고 합시다!"

여기저기서 호응하는 소리가 터져 나왔다.

"그러면 10분 휴식시간을 갖겠습니다."

참석자들이 서로 곁엣사람 어깨를 짚으며 움짓움짓 일어났다.

그들은 우르르 밖으로 몰려나가 끼리끼리 모여서서 잡담을 늘어놓기 시작했다. 토론회 시작 전에 나누던 남의 험담을 다시 꺼내 주고받고 있는 축들은 그동안 입이 근질거려 어떻게 견디고 있었는지 모를 일이었다. 담배를 참고 있던 사람들도 마찬가지였다. 그들은 다른 사람들의 눈치를 살피듯 구석으로 몰려가 한 대씩 나눠

소설가 구보 씨의 초대

피우는 것이었는데, 역겨운 담배연기는 이미 독가스처럼 사방으로 퍼져나간 뒤였다. 외등 불빛이 희미한 운동장으로부터 끝없이 미지근한 바람이 불어오고 있었다.

"더운데!"

후텁지근한 첫여름 밤의 열기 속에, 그러나 권태로운 화제는 그칠 줄 모르고 이어지고 있었다.

"이봐, 회장으로 누가 좋을 것 같은가?"

심각한 표정으로 남의 생각을 묻고 다니는 사람도 있었다.

"글쎄."

"잘 생각해 봐."

"무슨 얘기야?"

"단체는 무슨 단체든지 리더의 뒤를 따라 죽을 둥 살 둥 몰려가는 들쥐 떼와 같은 것이니깐!"

이렇게 말하는 사람은 입가에 기묘한 비웃음을 띠거나 필요 이상으로 진지한 얼굴을 하는 것이었는데, 그러면서도 상대방의 대답을 들으려고 하지도 않고 자기 말만 앞세우는 것이었다.

"그러므로 아무개를 회장으로 뽑아서는 안 돼!"

상대편이 놀라는 표정을 짓거나 궁금해 하는 얼굴이 되면,

"왜냐하면, 그는 콧구멍이 짝짝이기 때문이야."

단정적으로 말하는 것이었다.

"콧구멍이 회장과 무슨 상관이야?"

왜냐하면, 콧구멍이 짝짝이라는 사실은 그 사람의 육체적 정신적 윤리적 결함을 의미한다. 말하자면, 결정적인 결함으로서의 '비대칭'을 의미하는 것이다. 천지가 창조되던 아담의 때로부터, 인간의 몸이 좌우 양쪽으로 균형을 유지하도록 만들어졌다는 사실은 삼척동자라도 모르는 사람이 없는 일이다. 사람의 몸이 갖는 이 대칭 구조는 그 자체가 절제와 균형의 아름다움을 의미하는 것이다. 건강한 육체에 건강한 정신이 깃든다고 생각했던 사람은 괴테만이 아니다. 그래서 우리는 수천 년 전부터 몸의 좌우 대칭을 유지하기 위해 끊임없는 노력을 기울여 왔다. 지금도 많은 돈을 들여 경기장을 짓는 일이나, 헬스장에 가서 몸매를 다듬는 일, 아침저녁으로 죽을 둥 살 둥 뛰고 달리고 걷는 사람들은 할 일이 없어서 그러는 것이 아니다. 그것은 취미로서의 선택이 아니라 몸과 마음의 균형, 다른 말로 하자면 인간이 지녀야 하는 도덕적 의무를 수행하기 위한 비장한 노력의 산물이었던 것이다. 여기서 말하는 '도덕적'이라는 것은 육체와 정신의 균형과 조화를 의미하는 것이다. 그러므로 콧구멍이 짝짝이라는 것은 어떤 종류의 결함, 거칠게 말하면 어떤 종류의 악을 의미하는 것이다. 태초에 조물주가 아름다움에 대

소설가 구보 씨의 초대

한 원대하고 심오한 철학적 의도로 인간의 몸을 창조했다는 사실
은 앞에서 설명한 그대로다. 그래서 육체의 불균형은 그 자체가 조
물주의 뜻에 반하는 악인 것이다. 그러므로 아무개처럼 신체의 어
느 한쪽이 비대칭이라는 사실은 신의 창조를 비웃는 신성모독에
해당하는 것이다. 그래서 타인의 시선을 괴롭히는 콧구멍의 비대
칭만으로도 그는 벌써 의문의 여지가 없이 회장으로 선출되어서는
안 되는 사람인 것이다. 그런 사람에게 우리 자서전문학회 회장을
맡긴다는 것은…… 여기까지 말하면 듣는 사람들이 고개를 절레절
레 흔드는 것이었는데,

"듣고 보니 제법 그럴듯한데!"

이렇게 말하는 사람이 있는가 하면,

"정말 그 사람을 뽑으면 안 되겠는데!"

이렇게 호응하는 사람도 있었지만 그것이 얼마나 황당한 주장인
지에 대해서는 모르는 사람이 없는 일이었다. 아무튼 10분의 휴식
시간이 눈 깜짝할 사이에 지나갔다. 강당으로부터 다시 토론회 속
개를 알리는 느린 멘트가 흘러나왔다.

"이제부터 후보자 공약을 들도록 하겠습니다.

참석자들이 모두 자리를 찾아 앉았다.

"저는 '백만인 자서전 갖기 운동'을 전개하겠습니다.

A씨가 먼저 말했다.

"저는 세계 최초의 '자서전문학관'을 건립하여, 이 도시를 '자서전문학의 메카'로 만들겠습니다."

B씨가 이어서 말했다.

"저는 대대적인 '자서전문학 진흥사업'을 전개하여, 자서전쓰기 전문강사를 양성하는 등, 청년 실업문제를 해결하는 일을 하겠습니다."

C씨가 마지막으로 말했다.

"그러면 후보들의 공약에 관한 배경설명을 듣도록 하겠습니다."

A씨가 먼저 말했다.

"백만인 자서전 갖기 운동은, 다른 말로 하자면 '1시민 1자서전 갖기 운동'입니다."

하고, 그는 설명하기 시작했다.

우리 시에는 지금 1백만 시민이 살고 있다. 다른 말로 하자면, 이 도시가 1백만 개 이상의 욕망과 꿈과 의지로 뒤볶는 가마솥이나 마찬가지라는 뜻이다. 인구가 1백만 명을 넘어서게 되면, 어떤 도시든지 그 도시는 회복하기 어려운 소화불량과 동맥경화를 앓게 된다. 인간의 욕망이란 배설과 같은 것이어서, 그것이 원활하게 진행되지 않으면 암과 같은 치명적인 질병을 유발하게 된다. 이처럼

소설가 구보 씨의 초대

불건강한 욕망을 배설하는 데에는 자서전만큼 좋은 처방이 없다는 사실은 어둠속에서 불을 보듯 환한 일이다. 텔레비전 같은 데서 보면, 평생을 밭고랑에 엎드려 풀만 뽑던 노파도 마이크를 들이대면, 자기 인생은 책으로 써도 수십 권이 될 만한 파란만장한 것이었다고 술회한다. 〈6시 내 고향〉에 나오는 노파들만 그러는 것이 아니다. 남이 알아주기를 바라고, 남에게 자기를 말하고자 하는 인간의 본성에 비추어, 자서전만큼 좋은 처방이 없다는 사실은 분명하다. '백만인 자서전 갖기 운동'은 우리 시에서 표방하고 있는 '문화도시'의 모토에도 부합하는 것이다. 1백만 시민이 모두 저마다 한 권씩의 자서전을 갖게 된다면, 이 도시는 세계에서도 유례를 찾아보기 힘든 위대한 문화도시가 되는 것이다.

A씨가 여기까지 말하자 B씨가 제치고 나왔다.

"저는 세계 최초의 '자서전문학관'을 설립하여, 이 도시를 '자서전문학의 메카'로 만들겠습니다. 메카가 얼마나 거룩한 이름인지에 대해서는, 오줌싸개라도 모르는 사람이 없는 일입니다. 이 사업을 위하여, 저는 이미 2백억 원쯤 예산을 확보해 놓기로 시장과 단단히 약속을……."

B씨가 말하자 C씨가 즉각 말꼬리를 잡고 늘어졌다.

"재정자립도가 전국에서 꼴찌인 이 도시에서, 도대체 시장은 무슨 재주로 그런 엄청난 재원을 마련할 수 있단 말입니까? 더구나 회장에 당선되기도 전에 시장과 그런 이면계약이 있었다면, 그것이야말로 전형적인 시정농단이 아니고 무엇입니까?"

그러면서 그는, 지금의 시장이 재임하고 있는 한 자기는 수염을 깎지 않기로 결심한 사람이라고 말했다.

"도대체 시장과 당신의 지저분한 수염이 무슨 상관이란 말이오?"

B씨가 다시 걸고 나오자 사람들이 와아 웃었다.

"자서전은 시대의 산물입니다. 시대가 행복하면 행복한 자서전이 나오고, 시대가 불행하면 불행한 자서전이 나오게 됩니다. 인류 역사를 통하여, 이것은 충분히 검증이 끝난 역사적 진실입니다. 우리는 이 진실 앞에 지금 마주서 있습니다. 말하자면, 그런 역사적 사명을 띠고 이 땅에 태어난 것입니다. 그런데 이 도시는 지금 어떤 형편입니까? 도대체 이 도시는 어디로 가고 있습니까? 시민들은 지금 행복합니까? 시민들의 살림 형편이 나아졌습니까? 시장의 시정농단이 극도에 이른 이 도시에서……."

특정인을 지칭하는 정치적 발언은 삼가라고 사회자가 경고를 주었지만 C씨는 막무가내였다.

"시정농단은 현 시장이 취임하면서부터 시작된 것으로…… 취임사로부터 그것이 시작되었다는 사실에 대해서는…… 왜냐하면, 취

소설가 구보 씨의 초대

임사는 대필작가에 의해 씌어진 것이기 때문에…… 말하자면, 그
것은 시장의 철학이 아니라 전적으로 대필작가의 허접한 생각들이
나열된 것으로…… 그것이야말로 시정농단의 시작이었다는 사실
에 대해서는…….”

정치적 발언은 삼가라고 사회자가 다시 경고를 주었지만 허사였다.

“당신은 수필에 허구의 요소를 도입해야 한다고 말했는데, 그것
이야말로 허무맹랑한 소리가 아닙니까?”

이번에는 A씨가 C씨를 비난하고 나섰다.

수필에 허구의 요소를 도입한다면 소설과 무엇이 다른가. 정치
인들은 스캔들에 말리면, 흔히 ‘소설을 쓰고 있다’라는 표현으로 맞
대응한다. 소설이 이처럼 모욕적인 관용어로 사용되기 시작한 것
은 어제오늘의 일이 아니다. 더 나아가, 소설이라는 말이 허무맹랑
한 거짓말을 뜻하는 단어로 변질된 것도 하루 이틀의 일이 아니다.
그러므로 자서전에 소설적 허구의 요소를 도입한다면, 그 부정적
인 의미가 더욱 확장되어 끝을 모르게 될 것임은 손바닥 들여다보
듯 뻔한 일인 것이다. 자서전은 어떤 자서전이든지 그 속에 자신을
과장하고 미화하려는 유혹을 담고 있다. 자신을 실제 이상으로 평
가하려는 욕망은 인류의 맹장과 같은 운명이어서, 간디가 되살아
난다고 할지라도 자유로울 수가 없는 것이다. 그러므로 자서전에

허구의 요소를 도입하자는 것은, 결국은 공개적으로 거짓말을 하자는 논리로서……A씨가 이렇게 말하자 여기저기서 옳소! 하는 소리가 터져 나왔다.

"그러므로 자서전에 창작의 요소를 허하는 것은, 결국은 '사공이 많으면 배가 산으로 간다'는 이치와 같은 것입니다."

A씨가 이렇게 결론을 내리자,

"그것이야말로 '여럿이 힘을 합치면 못할 일이 없다'는 뜻이 아뇨?"

놀랍게도 B씨가 C씨를 두둔하고 나섰다.

"뭐요?"

"그렇잖습니까? 배는 산으로 가는 것이 아니지만, 사공이 많으면 배가 산으로 간다는 말은, 여럿이 힘을 합치면 능히 그런 일을 해낼 수도 있다는 뜻이 아닙니까?"

"뭐요?"

A씨가 거듭 기가 막히다는 듯이 혀를 찼지만,

"예로부터 무식에는 약이 없다고 했습니다."

그러면 당신은 나를 무식쟁이로 몰아붙이는 것이냐고 B씨가 벌컥 화를 내는 것이었다.

"그만! 그만!"

사회자가 거칠게 제지하고 나섰다. 그러나 허사였다. A씨가 B씨를 공격하면 C씨가 감싸고, B씨가 C씨를 물고 늘어지면 A씨가 두둔하고, C씨가 A씨를 공격하면 B씨가 편들고…… 사회자가 신경질적으로 방망이를 두드렸다.

"이것으로 오늘 1차 토론회를 마칩니다!"

# 3장. 라라의 테마

"선생님, 저예요."

안데르센베이커리 여주인이었다.

"건너편 카페로 오세요."

거리에 황혼이 내리고 있었다.

그 순간, 가로등에 불이 켜지고 건물마다 네온사인이 들어와 번쩍거리기 시작했다. 임보가 생전에 자주 '인간적인 거리'라고 찬탄했던 그 거리 풍경이었다. 그런데 몇 년 사이에 요란한 개발바람을 타고 식민지 도시처럼 을씨년스런 거리가 되고 말았다. 성냥갑을 포갠 듯한 시멘트 건물 위에 고딕체 간판들이 덕지덕지 붙어 있었다. 신은 마을을 만들고 인간은 도시를 만들었다고 말한 사람이 있었거니와, 인간들이 만든 도시가 오히려 비인간화를 촉진하고 있다는 사실은 아이러니가 아닐 수 없었다.

구보 씨는 횡단보도 신호가 바뀌자 길을 건너갔다.

그 카페의 이름이 〈섬의 초대〉였다. 임보의 소설 제목과 같다고 말하자, 카페 주인이 여자라면, 그녀는 아마 문학소녀 시절에 그 작품을 읽었을지도 모르는 일이라고 안데르센베이커리 여주인이 말했다. 그녀는 석양이 비치는 미색 블라인드 커튼 앞에 혼자 앉아 있었다. 탁자 위에 맥주병과 잔이 놓여 있었고, 얼굴이 연한 장미 빛깔로 발그스름했다. 오른쪽 발이 맨발이었는데, 시위대 속에서 구두를 잃어버렸다고 그녀는 말했다. 유리창을 넘어 들어온 석양이 그녀의 벗은 발을 환하게 비추고 있었다.

"대학 2학년 때였어."

구보 씨의 귓자에 다시 임보의 음성이 되살아났다.

무전여행으로 서해안의 섬들을 돌아다니고 있던 때였다. 천주교 박해 시대에 피를 흘리며 지나갔던 순교자들의 발자취를 돌아보고 있던 중이었다. 어느 작은 섬에서, 임보는 마을 뒤에 외따로 떨어져 있는 성당을 찾아갔다. 성당으로 가는 호젓한 산길이 마음에 들었다. 성당으로 들어가자, 담쟁이 넝쿨에 덮인 흙담 아래 성모상이 서 있었다. 황혼에 잠긴 성당에서 성모상 쪽으로만 환한 빛이 돌았다. 발등을 덮은 옷자락 밑으로 연한 분홍빛 발가락들이 보였다. 프리즘을 통과한 것처럼 영롱한 빛다발이 성모상의 발가락을 화사한 장미 빛깔로 물들이고 있었다.

"그렇게 아름다운 발을 본 적이 없어."

그런데 바라보고 있는 사이에 햇살이 창백하게 오므라들더니, 성모상은 은회색 윤곽만 남고 발가락들은 어둠에 묻혀버렸다. 임보는 어둠속에 오래 서 있었다. 설명하기 어려운 것이었지만, 그러나 그는 자기 눈으로 보고 느꼈던 것, 뚜렷하지만 덧없이 사라져가는 것들의 아름다움에 마음을 빼앗기고 있었는지 몰랐다.

"그런데 그 모습이 눈앞에 되살아났어."

계엄사령부에서 풀려난 뒤였다.

며칠째 혼자 소주잔을 기울이고 있다가 쓰러져 잠이 들어 있었다. 누군가 멀리서 문을 두드리는 소리에 눈을 떴다. 문을 열자, 눈앞에 가지런히 모은 두 발이 보였다. 소식을 듣고 놀라 맨발째 달려온 안데르센베이커리 여주인이었다.

"섬에서 본 성모상의 발이었어. 발가락들이 화사한 장미 빛깔로 물들어 있었어, 그렇게 아름다운 발을 본 적이 없어. 그것을 소유할 수 있다면, 나는 그 순간에 죽어도 좋다고 생각했어."

그런데 그 모든 열망과 슬픔에도 불구하고 그것들은 사라져버렸다. 어느 날 어깨 너머로 불던 바람처럼, 구보 씨는 그 모든 것들이 바람과 함께 사라져버렸음을 느꼈다. 안데르센베이커리 여주인이 그것을 아는지 모르는지 알 길이 없는 채로였다.

"선생님, 제 이름을 아세요?"

그녀가 갑자기 말했다.

"이름?"

구보 씨가 되묻자,

"어릴 적, 러시아 소설을 읽으면 주인공들 이름이 복잡해서 외기가 어려웠어요. 그런데 애칭으로 부르던 이름들은 기억에 오래 남았어요."

그녀는 자기 이름이 〈라라〉라고 말했다. 여고생 시절에 임보가 불러준 이름이었다. 구보 씨는 그 순간 보리스 파스테르나크의 소설 혹은 영화에서 보았던 『의사 지바고』의 어떤 장면들이 떠올랐다. 임보는 실지로 그 작품에서 그 이름을 따왔을지도 모르는 일이었다.

"라라, 라라, 라라……."

하고, 그녀가 말했다. 그녀는 목소리가 잠기고, 눈빛은 먼데 불빛을 바라보는 시선처럼 아득해졌다. 구보 씨는 그녀가 추억이 아니라 어떤 종류의 상실에 대하여 이야기하고 있음을 알았다.

소설가 구보 씨의 초대

"선생님, 편지를 어떻게 생각하세요?"

그녀가 또 갑자기 물었다.

"편지?"

구보 씨가 반문했다.

"예전에는 가까이 있어도 늘 편지를 썼지."

"네, 맞아요, 그이도 저에게 자주 그런 편지를 보냈어요."

그녀는 그 편지 중에 하나가 자기를 어떻게 강원도 외딴 바닷가에까지 데려갔는지 이야기하기 시작했다.

"고등학교 2학년 때, 봄이었어요."

그녀에게 편지 한 통이 배달되었다. 임보가 입대하기 직전에 보낸 편지였다. 그렇잖아도 소식이 궁금하여 날마다 편지를 기다리고 있던 중이었다. 그런데 소인(消印)을 보니 발송한 지 꽤 지난 뒤였다. 무슨 이유에서인지 배달이 지연된 것인 듯했다. 그렇지만 편지를 받자마자 뜯어보았다.

"그런데 무슨 편지였는지 아세요?"

그녀의 목소리는 잠기고, 눈빛은 더 아득해졌다.

"맙소사, 남자의 성기를 그린 그림이었어요."

"뭐라구?"

구보 씨는 놀라서 음성이 튕겨 나왔다. 그렇지만 그것은 분명히 남자의 성기를 그린 그림이었다고 그녀는 말했다.

"네, 맞아요."

혼란스러웠던 그 일들을, 추억과 기억의 언저리를 맴도는 쓸쓸한 음성으로, 그녀는 그것을 다음과 같이 요약해서 들려주었다.

임보는 대학 2학년 때, 스물두 살이던 그해 봄에 신춘문예에 당선하여 작가가 되었다. 심사위원들은 그의 소설 「섬의 초대」을 '감수성의 새로운 지평(地平)을 열었다.'라는 찬사와 함께 당선작으로 선정하였다. 임보는 그 중에서도 특히 '동트는 새벽 황야의 무서운 아름다움 같은…….'이라는 심사소감이 마음에 들었다. 만나본 적은 없지만, 문학소년 시절에 그가 좋아하고 흠모했던 여류작가였다. 그런데 시상식이 끝나고, 신문사가 마련한 다과회 자리에서 그녀가 대뜸 말했다.

"작가가 되신 것을 축하해요."

그녀는 소설가를 어떻게 생각하느냐고 다시 물었다.

임보는 '작가가 하는 일은 쓰레기 줍기나 마찬가지다. 무엇이든 자기 눈에 띄는 것은 가리지 않고 이용한다.'라는 포크너의 말로 대답하려고 했던 것이 기억에 남아 있었다. 그러나 이제 막 신춘문예에 당선한 풋내기작가로서는 좀 건방진 대답이 아닐까 머뭇거리고 있는데,

"선생님께서는 '소설가라는 사람은 새로 나온 후배들의 머리를 쓰다듬어주는 너그러움이 있는 듯이 보이지만 실상은 항상 그들을 발로 차고 있는 것이다.'라고 말씀하신 적이 있으시지요?"

하고, 여류작가는 옆에 앉아 있는 다른 심사위원에게 생글거리며 말을 걸었다. 반백의 머리가 중후하게 보이지만 이마에 새겨진 주름살들이 세월의 풍상을 느끼게 하던 원로소설가였다. 입가에 알 수 없는 부드럽고 온화한 미소만 떠올리면서, 그는 대답을 하지 않았다. 소설가란 칭찬에 인색한 족속들이라고 그녀가 또 갑자기 말한 것이 그 다음이었다.

"특히 다른 작가에게는요."

소설가는 절대로 남을 칭찬하지 않는 족속이라고 하던 그녀의 말은 옳은 것이었는지 몰랐다. 임보는 그것을 나중에 깨달은 것이지만, 아무튼 작가인 자기로서도 남의 작품을 칭찬해 본 적이 없었다는 사실은 분명했던 것으로 생각되었다.

여류작가는 그리스 조각을 연상시키는 우아하고 아름다운 여자였다. 임보는 물론 그것이 비현실적으로 과장된 감정이라는 사실을 모르고 있었던 것은 아니었다. 그렇지만 문학소년 시절에 그녀는 분명히 아름다운 우상의 모습으로 그의 마음속에 살아 있었다. 그런데 어느 날 TV에 나와 주접을 떨고 있는 그녀를 보고 말았다.

패널들이 몇 사람 둘러앉아, 교묘한 언사로 독재자를 옹호하고 있던 프로그램이었다. 임보는 그것을 보다가 자기도 모르는 사이에 거칠게 내뱉고 있었는데,

"더러운 년!"

어떤 강렬한 감정, 치밀어 오르는 분노, 배신감 혹은 증오의 감정들이 소용돌이치며 끓어오르고 있는 것을 느끼는 그 순간에, 그는 들고 있던 물컵을 벽에 던지고 말았다.

"그 순간, 나는 아름다움과 함께 환멸을 창조한 신에게 항변하고 싶었는지 몰라. 왜냐하면, 문학소년 시절에 그녀는 나에게 비교할 수 없는 아름다운 우상이었으니까. 열일곱 살 소년의 상상이 만들어 낸 환상이었다고 말할 수도 있겠지. 그렇지만 성장하는 어느 한 시기에, 그녀는 분명히 내 속에 살아 있던 아름다운 우상이었어. 그런데 우상은 사라지고, 그 자리에 남은 환멸을 나는 견딜 수가 없었던 것이야."

임보는 자기 속에서 격렬하게 충돌하며 소용돌이치고 있던 그것들을 몇 장의 원고지에 갈겨썼다. 정보기관에서 사찰 대상으로 특히 주목하고 있던 어느 잡지에 그것을 보낸 뒤였다. 잡지사에서는 아무 연락이 없더니, 며칠 뒤에 어떤 낯선 사내가 찾아왔다.

"졸업을 앞둔 때였어."

당시의 상황을 그는 이렇게 설명했다.

신춘문예 당선 이후, 그는 발표하는 작품마다 독자와 평론가들로부터 열렬한 호응과 갈채를 받았다. 특히 연작소설집『섬의 초대』는 몇 년 사이에 낙양의 지가를 올린 베스트셀러가 되었다. 약관의 나이에 권위 있는 문학상 수상 등으로 이미 대가의 반열에 오른 그를 앞에서 자세히 소개한 바 있거니와, 작품 활동을 위해 입대조차 연기해 놓고 있던 때였다. 그런데 그가 관여하고 있던 어느 독서모임에서 금서(禁書) 몇 권이 적발되었다. 금지된 한 권의 책만으로도 쥐도 새도 모르게 끌려가 고문을 받던 엄혹한 시대였다. 낯선 사내가 그 사실을 강하게 환기시켰다.

"그렇다고 당장 어쩌자는 것은 아닙니다."

하고, 사내는 말했다.

말씨도 표정도 매우 사근사근한 사내였다.

"나는 다만 당신에게 두 가지 선택의 길이 있을 따름이라는 사실을 알려주려는 것입니다. 소나기를 피하듯이 잠시 군대에 가 있거나, 아니면 끌려가서 고문을 받고 쥐도 새도 모르게 사라지는 것입니다."

임보가 입대하게 된 사연이었다.

입대하기 전에, 그는 두 통의 편지를 썼다.

라라에게는 입대를 눈앞에 둔 당시의 복잡한 심정들을 장문의 편지에 담았다. 분노와 환멸의 감정을 그로테스크하게 과장하여 그린 남자의 성기 그림은 여류작가에게 보내려던 것이었다. 실지로 보내려고 했던 것이 아니라, 그것은 격앙된 감정이 빚어낸 일시적 충동에 불과한 것이었는지도 몰랐다. 왜냐하면, 조롱과 경멸에 가득 찬 그 낙서가 얼마나 치졸하고 유치한 것인지를 그는 미처 생각해 볼 겨를조차 없었으니 말이었다. 그런데 입대 직전의 격심한 흥분과 혼란 속에 봉투가 바뀌고 말았다. 나중에야 알게 된 어처구니없는 사건의 전말이었다.

"그렇지만 저는 그 편지를 받자마자 출발했어요."

안데르센베이커리 여주인은 그때의 심정을 이렇게 말했다.

"저는 그이를 만나야 한다는 생각뿐이었어요. 며칠을 뜬눈으로 보냈지만 머릿속에는 온통 그 생각뿐이었어요. 입대하고 부대 배치를 받은 뒤에, 그가 집으로 보낸 군사우편이 있었어요. 봉투에 적힌 주소를 들고, 저는 무작정 그를 찾아 집을 나선 것이죠."

돌이킬 수 없는 강렬한 감정들이 어떻게 강원도 외딴 바닷가에까지 그녀를 데려갔는지는 앞에서 얘기한 그대로였다.

버스는 강원도 깊은 산속으로 한없이 그녀를 데려갔다. 상처 입고 쓰러져 누워 있는 거대한 짐승의 내장을 연상시키는 좁고 구불

구불한 길이었다. 라라는 봉투에 적힌 주소를 내보이며 몇 사람에게 물어보았지만 하나같이 고개를 저을 뿐이었다. 어떤 고갯길에서는, 버스가 서로 비켜가기를 기다리며 한 시간이나 멈춰 있기도 했다. 버스는 새벽에 떠났는데, 정오가 되어서야 어느 적막한 산골 강가에 멈춰 섰다.

"도중에, 저는 기억에 남은 어떤 사람을 만났어요."

라라는 좁은 계곡 사이로 굽이치며 흐르는 강을 바라보고 있었다. 다리가 없어서 나룻배를 타고 강 저쪽으로 건너가야 했다. 끝내 건너지 못할 것만 같은 단절감이 벌써부터 강 이쪽과 저쪽을 갈라놓고 있었다.

"그리스신화에서 보면, 죽은 사람은 아켈로오스강을 건너야 망령세계에 들어갈 수 있어요. 강을 건너려면 나룻배 사공 카론 영감의 배를 얻어 타야 하는데, 그는 저승으로 가는 망령들한테 동전 한 닢을 받고서야 배를 태워 주었어요. 그리스 사람들은 그 때문에 죽은 사람의 입에 반드시 동전 한 닢을 넣는 습관이 있었어요. 이 신화가 떠오르자 저는 주머니를 뒤져보았지만 손에 잡히는 것이 없었어요."

그때, 강 언덕에 나룻배 주인이 나타났다. 그는 배가 곧 출발할 것이라고 말했다. 기다리고 있던 사람들이 우르르 배에 올랐다. 그런데 뒤늦게 언덕 위에 한 소년이 나타났다. 소년은 달려와 배를 탔지만 끌고 오던 염소는 버티고 서서 움직이려 하지 않았다. 소년이 울상을 지으며 고삐를 당겨보지만 염소는 식식거리며 고집만 피우고 있을 따름이었다. 나룻배 주인이 배가 출발한다고 다시 소리를 질렀지만 허사였다.

"저런 못된 짐승이!"

라라의 곁에 있던 소위가 가방에서 종이를 꺼냈다. 눈여겨보고 있는 사이에, 그는 염소의 눈앞에 그것을 내밀고 흔들었다. 염소는 그것을 보자 콧속에 스미는 먹음직스런 종이 냄새를 맡은 모양이었다. 무엇이든지 씹어서 소화시키는 왕성한 식성을 가진 동물이었다. 염소는 그것을 채서 한 입에 넣으려는 듯이, 입을 쫑긋거리며 종이를 따라오다가 굽을 모아 배 위로 뛰어들었다. 눈여겨보고 있던 라라는 그 순간 「헌화가」의 어떤 장면이 눈앞에 현실처럼 떠오르는 것을 보았다.

"신라 성덕왕 때, 순정공은 강릉태수로 부임하는 길에 바닷가를 지나면서 점심을 먹게 되었어. 곁에는 바위 봉우리가 병풍처럼 둘러쳐서 바다를 굽어보고 있는데, 높이가 천 길이나 되었어. 그 벼랑에 철쭉꽃이 피어 있었는데, 공의 부인 수로가 그것을 보고 말했어. '누가 저 꽃을 꺾어다 주겠소?' 곁에 있는 사람들이 입을 모아 대답했어. '그곳은 사람의 발자취가 이르지 못하는 곳입니다.' 그들의 곁으로 암소를 끌고 지나가던 노인이 그 말을 듣고 꽃을 꺾어다 바쳤어. 그러고는 노래를 지어 불렀어. '짙붉은 바위 가에 잡은 암소 놓게 하시고, 나를 아니 부끄러워하시면 꽃을 꺾어 받자오리다.' 노인의 「헌화가」는 남아 있지만 그가 어떤 사람인지는 알 수 없었다고 『삼국유사』에 기록되어 있어."

고전문학 수업시간에, 교사는 서양에 클레오파트라와 트로이의 헬렌이 있었다면 우리나라에는 수로부인과 도미의 아내가 있었다고 말했다.

"도미의 아내는 백제에서 가장 아름다운 여인이었어. 왕이 궁으로 데려가려 했지만 그녀는 응하지 않았어. 화가 난 왕은 남편을 잡아다가 두 눈을 뽑아버렸어. 그녀는 눈이 먼 도미를 배에 싣고 멀리 떠났어. 그리고 어디론가 가서 돌아오지 않았다는 이야기가 『삼국사기』에 실려 있어."

하고, 그는 말했던 것이다.

"그런데 어느 편이냐 하면, 나는 수로부인의 손을 들어주고 싶어. 도미의 아내는 너무 비장하고 처연해. 늦가을 강에 이는 물결처럼 차고 써늘해. 수로부인의 아름다움은 '무책임의 아름다움'이야. 여기에 몽환적인 신비감이 곁들여 있어. 두 여자의 아름다움을 비교하려는 것이 아니야. 나는 다만 수로부인이 미치게 아름다운 것일 따름이야."

라라가 그 순간에 왜 갑자기 수로부인의 설화를 떠올렸는지는 알 수가 없는 일이었다. 혹은 그 여자의 아름다움을 닮으려는 욕망이 그녀의 무의식에 투사된 결과였는지도 모르는 일이었다. 실지로 그녀에게서 저 아름다운 수로부인의 이미지를 느낄 수 있었다고 말한 사람은 한두 사람이 아니었다. 그것은 흠잡을 데 없는 우아함이 아니라 무엇인가 어렴풋하여 추측에 내맡기는 아름다움이었다. 천년의 시공을 지나, 그것이 그녀에게서 새로운 아름다움으로 환생한 것이었다고나 할까.

"그런데 저는 그 소위를 나중에 다시 만났어요."

임보의 부대에서 가까운 곳일 거라고 누군가 말해준 바닷가 마을이었다. 라라가 그곳에 도착하자 날이 저물었다. 외지에서 면회하러 온 사람이나 외출 나온 병사들을 재우는 여인숙이 있었다. 그녀는 여인숙에 들었지만 늦도록 잠이 오지 않았다. 새벽녘에야 겨우 잠이 들었는데, 눈을 떠보니 문밖에 수상한 그림자가 어른거리고 있었다. 여인숙 주인이었다.

라라는 그 집에서 나와 바닷가로 내려갔다. 심연과 같은 바다로부터 머리를 풀어헤친 안개가 밀려와 텅 빈 바닷가를 에워싸고 있었다. 안개에 가려 보이지 않는 먼 저쪽에서 철썩이며 백사장을 핥는 게으른 파도소리가 들려왔다. 하늘에서는 미지의 새들이 끼룩거리며 낮게 날고 있었다. 안개에 가려 희미한 저쪽에서 누군가 달려오며 소리를 질렀다.

"위험해!"

병사가 소리쳤다.

"돌아가요!"

그녀가 민간인 통제구역에 들어와 있음을 강하게 경고하는 소리였다. 거리가 좁혀지자, 병사는 총으로 쏠 듯한 자세로 그녀를 위협했다. 실지로 총을 메고 있어서, 그는 언제라도 쏴버릴 수도 있을 것 같았다.

"당신, 뭐야?"

병사는 그녀를 초소로 데려갔다. 그는 어디론가 경비전화 핸들을 돌렸다. 한참 지난 뒤에, 그 소위가 나타났다.

"무단침입자는 무조건 쏘게 되어 있소."

라라는 자기가 군사분계선에 가까이 들어와 있음을 실감했다. 소위는 그러나 겁먹은 목소리로 띄엄띄엄 설명하는 그녀의 말을 참을성 있게 들어주었다. 그렇지만 무모하기 짝이 없는 일이어서, 자기로서는 거의 믿어지지 않을 지경이라고 그는 말했다. 소대장으로 근무한 지 오래 되었지만 이런 일은 처음이라는 것이었다. 라라는 도중에 강을 건넜던 일이며, 나룻배에서 그를 보았던 일들을 이야기했다.

"염소를 유인했던 종이 말이오?"

비로소 소위의 굳은 얼굴이 풀어졌다.

"소년이 딱하게 보였을 뿐이오."

라라는 그에게 임보의 부대 주소를 보여주었다. 소위는 몇 군데 전화를 하더니, 부대를 확인했다고 말했다. 먼 거리는 아니지만 걸어서 갈 수 없으니 자기가 태워다주겠다고 그는 말했다. 초소에서 나오자, 안개 너머로 멀리 아득하게 뾰족뾰족 솟은 산봉우리들이 보였다.

"금강산 비로봉이오."

소위가 말했다.

"그런데 지금은 갈 수 없는 산이오."

그는 군복 차림이지만 드물게 보는 단아한 얼굴이었다. 이목구비가 뚜렷했고, 갈색 눈동자가 총명하고 침착하게 보였다. 그러나 속으로는 강하게 시대와의 불화를 겪고 있었는지도 몰랐다. 혹은 임보처럼 강제입영 되었을지도 모르는 일이었다. 라라를 옆자리에 태우고, 그는 철책으로 둘러쳐진 비포장 길로 한참동안 차를 몰았다. 그녀는 나룻배 위에서 떠올랐던 「헌화가」의 한 장면을 그에게 이야기했다.

"고등학생 때 나도 배운 것이오."

소위가 웃으며 말했다.

"그렇지만 염소를 암소로, 대한민국의 젊은 장교를 노인에게 빗댄 것은 너무 엉뚱한 상상이오."

그는 라라를 임보의 부대로 데려갔다.

"그런데 맙소사!"

하고, 그녀는 이 대목에서 탄식했다.

"그이는 너무 꾀죄죄해서 믿어지지 않을 지경이었어요. 저는 면회소 창밖으로 초조하게 그를 기다리고 있었어요. 시간이 지난 뒤에, 막사로부터 수척한 그림자를 끌며 그가 걸어 나오더군요, 그런데 그는 지쳐 있었고, 겁에 질려 있었고, 신경이 날카로워져 있었어요. 대한민국 군대에서 가장 낮은 계급장을 달고 있던 그로서는 당연한 일이었는지도 모르죠. 군대가 그의 고귀한 정신을 어떻게 파괴해버렸는지 눈에 보이는 듯했어요. 그렇지만 저는 화를 낼 겨를도 없이, 우선 그를 보살펴야 한다는 생각뿐이었어요. 저는 그를 데리고 마을의 여인숙으로 갔어요. 그날 밤, 저는 그에게 제 마음을 전하려 했고, 제 몸을 주려고 했어요. 몸을 말예요. 몸을 준다는 것,

여자에게 그것이 얼마나 치명적인 것인지 남자들은 상상도 못할 거예요. 우리는 화난 사람처럼 방 이쪽저쪽에 떨어져 있었어요. 그런데 어느 순간 저는 그에게 손을 내밀고 말았어요. 실지로 저는 그에게 몸을 주려고 했던 것이니까요. 그런데 저는 거부되었고, 세차게 떨어져 나가는 손길을 느꼈어요. 그처럼 강하게 밀어내는 손길을 경험한 적이 없어요. 거부되었다는 것, 그것이 또한 얼마나 치명적인 것인지 남자들은 상상도 하지 못할 거예요. 어쩌면 저는 죽도록 그 기억에서 벗어날 길이 없을 걸요."

그녀는 그 뒤에 일어난 일들, 죽음이 갈라놓을 때까지 건너지 못하고 말았던 임보와의 거리, 혹은 남자들과의 불화가 그때부터 시작된 것이었는지도 모르는 일이었다고 말했다.

"왜냐하면, 저는 번번이 결혼에 실패했거든요."

첫 번째 남자는 무명의 소설가였다.

라라가 그를 선택했던 것은, 불멸의 작가로서의 임보의 이미지가 그녀의 무의식에 강하게 투영된 결과였었는지도 모르는 일이었다. 그런데 그 애송이 소설가는 현실을 외면한 몽상가였고, 철저한 에고이스트였다. 그는 원고지와 담배를 한 보따리 싸들고 외딴 별장 같은 데 가서 작품을 쓰는 것이 유일한 소원이었다. 생활은 당연히 옹색하고 남루한 것이었는데, 그녀에게 그것은 견디기 어려

소설가 구보 씨의 초대

운 가난이 아니라 지긋지긋한 것이었을 따름이었다. 그녀가 이혼하게 된 첫 번째 사연이었다.

두 번째 남자는 사법고시 준비생이었다.

그의 부모는 아들이 고시에 합격하여 판검사가 되기만을 애타게 기다리던 선량한 농부였다. 그런데 베이비붐 시대에 너무 많은 아이를 낳아버린 것이 탈이었다. 시대의 부추김이 있었다고는 하지만, 그보다 더 왕성한 생산력으로 자식들을 낳아버린 것이 일곱이나 되었다. 사법고시 합격에 목매달고 있는 큰아들의 뒷바라지는 물론이려니와, 아홉이나 되는 식구들이 입에 풀칠하기도 어려운 형편이었다. 라라가 그들을 돕겠다고 나선 것은, 그러므로 지극히 당연한 일이었는지 몰랐다. 실지로 그녀는 그들의 유일한 조력자였고 강력한 후원자였다. 그런데 결혼한 지 2년 후에, 사법고시에 합격하자마자 그 남자가 말했다.

"권력의 계단이라는 것이 있다면, 나는 이제 비로소 그 첫 걸음을 떼어 옮기기 시작했소. 그런데 도달하기에는 그것이 너무 먼 저쪽에 있다는 것이 나에게는 큰 고통이오. 말하자면, 전우의 시체를 넘고 또 넘어야 하는 고난의 행군이 시작된 것이오. 그런데 적들은 사방에 널려 있고……."

조선시대 과거제도를 예로 들자면, 하고 그는 말했다.

옛 기록들이 전하는 바, 과거시험이란 합격도 어렵지만 등용까지 또 말할 수 없는 고통을 겪어야 한다. 합격자가 발표되면, 왕은 그 중에 관리로 등용할 사람을 골라 낙점한다. 말단관리로나마 등용이 되면, 신참을 괴롭히는 터무니없는 신고식이 뒤따른다. '면신례(免新禮)'는 율곡 같은 선비까지도 탄식하게 했던 악습이었다. 또한 벼슬살이가 시작되면, 그때부터 당파에 줄을 서야 하는 선택의 기로에 놓이게 된다. 조선시대의 당쟁으로 말하자면, 기울어가는 당파에 줄을 서면 파면이나 유배쯤 식은 죽 먹기나 마찬가지다. 그 시대에 왜 그리 당파싸움이 격렬했는지는 이것 하나만으로도 충분히 설명이 가능하다. 말하자면, 모이는 적은데 그것을 쪼려고 덤비는 닭들은 많았다는 것이다.

"그런데 나는 지금 그 모이를 쪼러 가는 첫 걸음을 떼어 옮기고 있소. 그렇지만 사방을 둘러보아도 나에게는 원군이 없소. 그야말로 고립무원 고군분투 사면초가의 연속일 따름이오."

사법고시 합격생은 이렇게 말하는 것이었는데, 결국은 처가 쪽에서도 누구 하나 도와줄 사람이 없는 현실에 대하여 그는 강하게 분개하고 있었음이 분명했다.

세 번째 남자는 사업가였다.

그런데 그는 지배와 교접의 본능밖에 없는 사내였다. 그는 종업

소설가 구보 씨의 초대

원들을 돈으로 지배했고, 여자들을 왕성한 정력으로 신음하게 했다. 아내의 경멸에 찬 눈초리쯤 안중에도 없었다. 심지어 그는 자기가 만나고 있는 여자들과의 성관계 사진을 라라의 눈앞에 보여주기까지 했다. 두 사람이 헤어질 수밖에 없었던 이유였다. 그녀는 그 대가로 상당한 액수의 유가증권과 값비싼 아파트를 위자료로 받았다는 소문이 있었지만 확인된 것은 아니었다. 시내에 몇 개 체인점을 가진 제과점 여주인이 되기도 했는데, 그것이 위자료인지 아닌지도 확실하게 알려진 것이 없었다.

"어린 시절, 안데르센처럼 불행하게 자란 사람이 그토록 아름다운 동화를 남겼다는 사실이 저는 믿어지지 않아요."

그런데 제과점 이름이 왜 〈안데르센베이커리〉냐는 물음에 그녀는 이렇게 말한 적이 있었다.

"괴테는 하룻밤 눈물 젖은 빵을 먹어보지 않은 사람과는 인생을 이야기하지 말라고 했어요. 그래서 저는 안데르센을 추억하고 괴테를 기념하면서, 손님들에게 눈물 젖은 빵을 먹어보게 하려고……."

그녀는 이제 원숙한 중년이 되었다. 몸과 마음이 풍요로운 인생의 한 때를 보내고 있었지만, 그러나 임보와의 관계에서만은 해소할 길 없는 미진함이 남았다. 그것은 상실이었으며, 그녀에게 그것은 도달할 수 없는 먼 피안의 안타까움인 것처럼 보였다.

"누군가를 사랑한다는 것은, 그가 지닌 모든 것을 사랑하는 것이에요. 그런데 저는 사랑하면서 왜 그이와 몸을 나누지 못하는 것이었죠?"

그녀의 음성은 쓸쓸하고 고즈넉했다.

"우리는 기억을 무엇으로 하죠?"

그녀가 또 갑자기 물었다.

"그야 마음으로 하는 것이겠지."

구보 씨가 대답하자, 그녀는 아니라고 말했다.

우리는 몸으로 기억한다. 이른 봄 대지를 물들이는 연둣빛 신록, 초추의 양광, 소나무 숲에 이는 바람소리, 여름날 소나기에 씻긴 갈맷빛 산자락, 주택가의 오래된 아스팔트, 명작 속에 깃든 불멸의 영혼들. 『이방인』에서 뫼르소오로 하여금 아랍인을 쏘게 했던 지중해의 찬란한 햇빛, 아홉 이랑 콩밭을 가꾸는 이니스프리의 호도(湖島), 인생을 커피 스푼으로 되질하여 나누었던 TS 엘리어트의 찻집, 에밀리 브론테의 사철 바람 부는 『폭풍의 언덕』, 윌리엄 포크너의 가상의 도시 요크나파토파군(郡)의 『가문 9월』, 도스토예프스키의 주인공들이 고뇌하며 배회하던 러시아의 우울한 도시들, 고래들이 거친 숨을 내뿜는 『백경』의 위험한 바다, 발가락을 간질이며

소설가 구보 씨의 초대

빠져나가는 바닷가 모래의 감촉, 마구간을 물들이는 한 되 반의 달빛, 여름날 따뜻한 바닷물에 몸을 적시는 순간의 행복감…… 그것은 관념이 아니라 우리의 몸이 기억한 것들이다. 마음이란 일시적이며 불확실하고 정처가 없는 것이다. 그것은 한 곳에 머물지 못하고 이리저리 바람에 불려 쓸려다닌다. 몸으로 기억하는 것은, 그러므로 영속적인 것이다.

"저는 그이를 몸으로 기억하고 싶었어요."

하고, 그녀는 여기서 긴 이야기를 마무리했다.

"그런데 그는 마음으로 기억해 주기를 바랐어요. 그것이 틀렸다고 말하려는 것이 아니에요. 그렇지만 시간의 흐름과 함께 기억조차 사라져버린다는 것을, 그는 알려고 하지 않았던 거예요. 그렇다면 우리의 추억은 어디서 그 기억을 찾을 수 있는 것이죠?"

# 4장. 정복자들

"시장실에서 방금 전화가 왔어요."

하고, 상주가 말했다.

"아버지 영결식이 시민장으로 결정되었다는군요."

의회에 상정된 안건이 통과된 모양이었다.

유족으로서는 반대할 이유가 없지만, 그러나 약간은 난감한 생각이 든다고 그는 말했다. 시민장이 명예스러운 것은 사실이지만 그에 따르는 준비가 이만저만이 아닐 것이라고 그는 걱정하는 눈치였다. 그러면서 그는 구보 씨도 '시민장례위원회' 위원의 한 사람으로 위촉되었다는 사실을 알려주었다. 그 순간에 휴대전화 진동신호가 울려서 살펴보니, 구보 씨에게도 그 내용이 전송되고 있었다.

"나에게도 연락이 오는구만."

이번에는 구보 씨가 말했다.

"아버님께도 다소나마 위안이 되겠군."

그런데 위원장의 이름을 확인하는 순간, 그는 눈앞에 플라스틱 가면 같은 얼굴 하나가 떠오르는 것을 보았다.

이 도시에서 오랜 역사를 자랑하는 큰 교회의 원로목사인 그는, 얼마 전에 「007 한반도 위기탈출 시나리오」 문건으로 굉장한 파장을 일으켰던 사람이었다. 한반도에서 전쟁과 같은 비상사태가 일어날 경우, 자기네 일가가 어떻게 빠른 시간에 어떻게 지정된 항구에 도착하여, 예약해 놓은 선박에 탑승하여 어떻게 안전한 나라로 탈출할 것인가에 대한 세밀한 행동지침을 적은 문건이었다. 일급비밀이었던 그것이 외부에 유출된 것은, 그 교회에서 격렬하게 벌어지고 있던 권력다툼 때문이었다. 이른바 '목사파'와 '장로파'로 갈라진 그 권력다툼의 핵심이 돈과 목사직 승계 때문이었다는 사실은 초등학생이라도 모르는 사람이 없는 일이었다.

그렇지만 갈등의 본질이야 어찌되었건, 그것은 무미건조하고 단조로운 일상에 빠져 있던 이 도시 지도층 인사들에게 하루아침에 굉장한 화제꺼리를 제공해 주었던 것이 사실이었다. 그에 따른 논

소설가 구보 씨의 초대

쟁이 들불처럼 번졌던 것도 볼만한 일 중에 하나였다. 영혼의 구제와 청빈한 삶을 설교하는 목사가 어떻게 그렇게 비열한 세속적 발상을 할 수 있느냐로부터 시작하여, 우리나라 사회지도층 인사라는 자들은 누구인가, 그들의 의식구조는 과연 어떤 것인가, 그들에게 다음 세대의 앞날을 맡겨도 되는 것인가, 시대착오적인 그런 전근대적 피난방법이 이런 첨단시대에도 과연 유효한 것인가에 이르기까지, 그것은 한없는 논쟁으로 이어졌다.

그런데 그 많은 논란에 대하여, 목사가 신문에 유료광고 형식으로 발표한 「해명서」라는 것이 타오르는 불길에 더욱 기름을 끼얹는 결과를 초래하였으니, 그것이 더욱 볼 만한 일이었음은 그 뒤에 일어난 일련의 사건으로 미루어보건대, 누구에게도 분명한 사실이 되었다.

기독교인이라면 누구나 한 번쯤 성경을 읽지 않은 사람이 없을 것입니다. 그런데 구약을 읽다 보면 분노조절 장애에 시달리는 듯한 하나님을 발견하게 되면서, 처음에는 당황하게 되고 다음에는 실망하게 되면서, 마침내는 신앙까지 버리게 되는 경우를 간혹 목격하기도 합니다. 그러나 이는 구약을 피상적으로 읽은 데서 기인한 큰 오해라는 사실을 먼저 지적하지 않을 수 없습니다. 왜냐하면, 구약에서 하나님은 이스라엘 백성이 아니라 실제로는 그들을 이끄는 지도자인 왕과 사제들을 향해서 번번이 그렇게 화를 내고 계셨던 것입니다. 말하자면, 하나님은 신과 백성 사이를 이어주는 다리 역할을 해야 하는 왕과 사제들의 타락과 부패, 위선과 허위, 그들의 무능과 불의에 대해서 그렇게 자주 화를 내고 계셨던 것입니다. 우리는 여기서 지도자란 누구인가, 지도자는 왜 중요한 존재인가, 지도자의 선택은 왜 엄중한 시대적 요구가 되는 것인가에 대한 물음에 직면하게 됩니다. 논의를 한 걸음 더 진전시키자면, 우리는 여기서 목사란 누구인가, 목사는 왜 중요한 존재인가, 목사의 선택은 왜 엄중한 시대적 요구가 되는 것인가에 대한 물음에 응답해야 한다는 것을 알게 됩니다. 사람마다 대답이 다르겠지만, 저는 그것을 구약에서 찾을 수밖에 없다는 사실을 말씀드리지 않을 수 없습니다. 구약에서 번번이 화를 잘 내시는 하나님에게서 그 답을 찾아야 한다는 것은, 목사는 교회의 지도자이고, 교회의 지도자는 사회의 지도자이고, 사회의 지도자는 국가의 지도자가 된다는 사실을 간과해서는 안 되기 때문입니다. 그러므로 만일의 경우 지도자에게 잘못된 일이 생긴다면, 그것은 구약에서처럼 하나님의 분노를 초래하게 될 것은 불을 보는 것처럼 자명한 일이 되는 것이기 때문에, 그래서 전쟁과 같은 비상시에는 무엇보다 지도자의 안전이 우선시

　　　　　　　　　　　　　　소설가 구보 씨의 초대

되어야 한다는 이유가 바로 이 때문이라는 사실을…… 운운.

구보 씨는 밤에 열리기로 된 위원회에 참석하여 그 목사를 대면하게 될 일이 잠깐 심란해지는데,

"뭐야, 이 새끼!"

식당 입구에서 갑자기 큰 소리가 났다. 두 남자가 상대편을 향해 서로 삿대질을 하며 소리를 지르고 있었다. 무슨 일인가 하고 돌아보니, 그는 구보 씨의 고향마을 인근에서 한우농장을 하고 있는 청년이었다. 농민운동가로 이름이 알려진 그를 구보 씨는 예전에 몇 번 만난 적이 있었다. 그와 말다툼을 벌이고 있는 상대는 처음 보는 얼굴이었다. 그런데 두 사람은 금방 멱살을 잡고 주먹다짐이라도 할 듯한 기세로 흥분해 있었다.

"네놈이 뭔데 남의 사업을 망쳐!"

여전히 사나운 목소리였고,

"혼자 잘난 체 하지 마!"

상대편도 여전히 흥분한 목소리였다.

그러나 이 소동은 금방 사그라들었다.

"할 말이 있으면 군청에 와서 따져!"

사람들의 시선이 신경 쓰였던지, 상대편 남자가 먼저 꼬리를 내

리며 하는 말이었다. 그가 흘끔거리는 시선으로 쏘아보며 식당 밖으로 나간 뒤에, 한우농장 주인이 두리번거리더니 구보 씨의 앞 빈자리에 와서 털썩 앉았다. 그런데 여전히 숨소리가 고르지 못한 것을 보면 아직도 흥분이 가시지 않은 모양이었다.

"군청 과장이란 놈입니다."

호흡을 가라앉힌 뒤에, 그가 불쑥 말했다.

"얼마 전에, 군(郡)에서 송아지 입식사업자금 신청 고시가 났어요. 물론 저도 거기에 신청서류를 넣었죠. 무이자에다가 5년 거치 10년 분할 상환이어서, 그야말로 눈먼 돈이나 마찬가지였으니까요."

"그래도 빚은 빚이 아닌가?"

"말도 마십쇼. 농촌에서도 눈먼 돈이 사방에 널려 있어요. 지자체들이 앞 다퉈 선심정책을 쓰고 있는 탓이죠. 나라 살림이야 거덜이 나거나 말거나 우선 펑펑 쓰고 보자는 것이죠."

그런데 군내의 수십 개 한우농장 가운데 자기만 유일하게 탈락을 해버렸다고, 울분에 찬 목소리로 다시 분통을 터뜨리는 것이었다.

"왜?"

"저 새끼가 훼방을 놨거든요."

"그래?"

"농민운동을 하고 있다고 미운털이 박힌 것이죠."

숨소리가 다시 높아지는 것을 보면, 그는 여전히 분통이 터져 견딜 수 없는 모양이었다. 구보 씨가 맥주잔을 내밀자, 한우농장 주인은 그것을 받아 단숨에 벌컥벌컥 들이켰다. 입술을 쓱 문지르며 안주를 집는 그에게, 여기엔 웬일이냐고 묻자 신문에서 임보의 별세 소식을 알고 문상을 오게 되었다고 그는 말했다. 대학생 때 독서모임에서 그를 외래교수로 모시고 잠깐 지도를 받은 적이 있었다는 것이다.

"그래?"

두 사람은 이런저런 이야기를 한참 더 나누었다.

"그런데 자네는 지금도 국가에서 논두렁 풀을 베 줘야 한다고 생각하나?"

구보 씨가 웃음기 밴 목소리로 묻자,

"예?"

놀라서 반문하는 그에게,

"자네가 했던 말이 잊히지 않아."

하고, 구보 씨는 말했다.

7, 8년 전 일이었다. 구보 씨가 몸담고 있는 문학단체에서 '작가 고향방문 프로그램'을 진행한 적이 있었다. 작가들로 하여금 고향의 모교를 방문하게 하여, 학생들에게 문학을 이야기해 주고 도서

관에 저서를 기증하는 프로그램이었다. 구보 씨도 지원하여 그 프로그램에 참여하게 되었다.

그런데 학교에 도착하자마자 놀라버렸다. 교장은 수업을 전폐하고 전교생을 강당에 모이게 했다. 그 자리에는 면장을 비롯하여 군의회 의원, 학교운영위원회 위원들, 농업협동조합 조합장, 보건소 소장, 산림조합 조합장, 우체국장, 양조장 주인, 한의원 원장, 농약 상회 주인 등, 기라성 같은 시골유지들이 대거 몰려와 기다리고 있었다. 한우농장 주인도 그 자리에 나온 인사들 가운데 한 사람이었다. 그런데 강연이 끝나고, 교장이 주선한 점심식사 자리에서 그가 대뜸 말했다.

"요즈음, 우리나라 농촌은 고령화가 너무 심각합니다. 지금은 장마철이라 사방에 잡초 천집입니다. 뽑고 나서 돌아서면 또 잡초가 나옵니다. 노인들은 당연히 그것을 벨 힘이 없습니다. 기껏해야 제초제를 뿌리는 방법밖에 없습니다. 그러나 제초제의 해독에 대해서는 모르는 사람이 없습니다. 견디다 못해 그것을 마셔버린 노인도 있습니다. 논두렁 풀은 과연 누가 베어야 합니까?"

두 말할 필요가 없는 일이었다. 논두렁 풀은 당연히 논임자가 베어야 하는 것이다. 어릴 적에 구보 씨가 보았던 아버지는 마을에서 부지런하기로 소문난 농부였다. 아버지는 새벽에 동이 트기도 전

소설가 구보 씨의 초대

에 일어나 소에게 여물을 먹이고, 마당을 쓸고, 아침을 끝낸 뒤에는 연장을 챙겨 들로 나갔다. 논밭에서는 당연히 잡초가 자랄 틈이 없었다. 그런데 한우농장 주인은 그것을 국가에서 베 줘야 한다고 주장하는 것이었다.

"왜냐하면."

하고, 그는 강조했다.

"농민들도 국가에 세금을 내기 때문입니다."

구보 씨는 그 말이 떠오르기만 하면 고향의 논두렁에서 수북하게 자라고 있을 풀들이 걱정되었다. 정말이지 벼농사를 망치는 그 망할 놈의 논두렁 풀은 누가 베어야 하는가. 그런데 한우농장 주인은 그것을 국가에서 베 줘야 한다고 주장하는 것이었다. 왜냐하면, 농민들도 국가에 세금을 내고 있기 때문이라는 것이었다.

"국가가 왜 있는 것입니까?"

구보 씨는 그 일을 생각하면 지금도 고향의 논두렁 풀들이 걱정되는데, 한우농장 주인은 그러나 그 말을 다시 입에 올리지는 않았다.

"오후에 집회가 있어서요."

하면서, 그는 서둘러 자리에서 일어났다.

"미국산 소고기 수입 저지 촛불집회가 있거든요."

그가 일어선 자리에 새로 들어온 문상객이 와서 앉았다.

"시골이라 소식을 늦게 들었어."

하고, 그는 구보 씨를 보자마자 말했다.

친구들은 그를 〈황보〉라고만 불렀다. 정확하게 말하면 '황보태수(皇甫泰洙)'였지만, 넉 자로 된 이름을 한꺼번에 부르기가 번거로웠던 탓이었다. 본인으로서도 자기 이름을 못마땅하게 여긴 적이 한두 번이 아니었다. 초등학생 때는 왜놈처럼 이름이 왜 넉 자나 되느냐고 놀리던 담임선생이 있었다. 물론 농담으로 던진 말이었지만, 그 순간에 그가 마음속에 품었던 살의는 성장한 뒤에도 가시지 않았다. 중학생이 되고 고등학생이 되어서까지 공부를 잘하지 못하게 된 것도 순전히 그 담임선생 탓이었다.

물론 얼토당토않은 핑계였다.

그렇지만 그는 대학생이 된 뒤에까지도 그런 생각을 버리지 않고 마음 한구석에 쟁여 두었다. 그러나 공부를 등한시하게 된 것이 다른 이유 때문이었다는 사실은 주위사람들에게 알려질 만큼 알려진 비밀이었다. 그의 부친은 면소재지에서 규모가 큰 농산물 가공 공장과 양조장을 운영하고 있던 대단한 재력가였다. 읍내에는 부친이 설립한 중학교와 고등학교가 하나씩 있었다. 재산과 권력을 가진 시골유지의 아들로서, 공부쯤 잘하지 못해도 살아갈 일이 걱정 없으리라는 사실을 그는 어린 나이에 이미 본능적으로 잘 터득

소설가 구보 씨의 초대

하고 있었던 것이다.

"친구들은 우리를 '삼보트리오'라고 불렀지."

예전의 추억을 더듬어, 황보는 그때 그 시절을 그리워하는 듯한 음성으로 간혹 말하고는 하였다.

고교시절에 그들은 문학 서클 〈예감〉에서 만나, 날마다 함께 뒹굴며 지냈다. 남학생 다섯 명과 여학생 두 명으로 이루어진 동인회였다. 남학생은 소설가 구보 씨, 고인이 되어 지금 영안실에 누워 있는 임보, 문상객으로 방금 나타난 황보, 그리고 무슨 일인지 아직 문상을 오지 않고 있는 두 친구였다. 그 중에서 〈삼보트리오〉란 구보와 임보와 황보에게서 각각 '보' 자를 하나씩 따다가 붙인 별칭이었다.

그런데 그 무렵에 임보와 구보가 열렬한 작가지망생이었던 것과는 달리, 황보는 시인이 되기를 꿈꾸고 있었다. 말하자면, 어느 정도 낭만적이고 어느 정도 데카당하고 어느 정도 지적인 풍모를 지닌 시인으로 살아가는 것이 어릴 적부터의 꿈이었던 것이다. 그런데 문학소년의 겉멋이 든 그 시절에 그가 쓴 시들은 친구들 사이에 번번이 놀림감이 되고는 하였다. 이를테면 〈하얀 고독〉이라는 제목의 시가 있었는데, 친구들은 고독에 무슨 놈의 색깔이 있으며, 하필이면 그것이 왜 하얀색이냐고 빈정거렸다.

황보가 그것에 대하여 어떻게 반응했는지는 친구들 사이에 재미있는 일화로 남아 있었다. 그는 정색을 하면서, 그렇다면 고독이 왜 회색 빛깔로 우중충하기만 해야 하는 것이냐고 따져 물었던 것이다. 친구들은 그의 항변을 재미있어 했다. 그러나 그는 대학생이 된 뒤에는 그나마 그런 시마저 쓰기를 중단해버리고 말았다. 그리하여 제대하여 돌아온 뒤에는 부친의 사업을 이어받아 행세께나 하는 시골유지로 살아가는 것이, 말하자면 태어나면서부터 정해진 그의 인생행로였었는지도 모르는 일이었다.

"아버지는 돌아가시기 전에 재산을 삼등분하여, 나에게는 양조장을 물려주시고 두 동생에게는 학교와 농장을 물려주셨어."

하고, 그는 간혹 그 이야기를 했다.

"나는 아버지가 그것을 의도적으로 계획하셨던 것이라고는 생각지 않아. 그러나 생물학과를 나온 둘째에게 가공공장을 물려주시고, 사대를 졸업한 막내에게 학교를 맡기신 것은 합리적인 결정이셨던 것 같아. 그 중에서도 시 나부랭이나 끄적거리고 있던 나에게 양조장을 물려주신 것은 탁월한 선택이셨던 셈이지."

황보는 이렇게 스스로를 조금은 희화화하는 버릇이 있었지만, 그러나 이죽거리기를 좋아하는 평소의 태도와는 달리, 친구의 문상에 늦어버린 것에 대해서는 여느 사람들처럼 조금은 면구스러운 듯하였다.

"임보가 이렇게 허망하게 가버리다니……."

그의 입에서 그 이름이 불리워지자, 고인은 이제 완전히 이 세상에 없고, 앞으로는 누구도 그 이름을 불러주지 않으리라는 생각이 들자, 구보 씨는 새삼스런 허전함이 늑골을 쑤시는 것이었다.

"그렇지만 바둑을 두고 있다가 신선처럼 하늘로 날아갔다고 하니, 그나마 다행이라고나 해야 할 것인지……."

황보는 그 사이에 기운을 회복한 듯했다.

두 사람은 이런저런 이야기를 한참 더 나누었다.

"동진이가 자네 소식을 전해 주더구만."

구보 씨는 조금 전에 다녀간 여자대학 행정실장 이야기를 했다.

"얼마 전에 대학신문에 실린 그의 글을 읽었는데, 자네가 동진이에게 그 소재를 제공해 주었다고 하더군."

「정복자들」이냐고 황보가 말했다.

"그래."

"맞아. 그것을 내가 얘기해 줬지."

처음에는 자기가 써볼까 했던 소재였다고 그는 말했다.

"왜냐하면, 예전의 미련이 남아 있어서, 지금도 나는 마음에 와 닿는 어떤 풍경이나 사물을 접하게 되면, 그것을 한 편의 글로 써

보고 싶다는 생각이 머리를 들 때가 있어."

하면서, 황보는 그 이야기를 들려주었다.

그런데 이 이야기에는 어떤 전제가 하나 있게 됨을 양해해야 한다. 고교시절에 비록 낯 간지러운 시를 쓰고는 있었지만, 나는 그때 읽은 소설 덕분에 어떤 종류의 인간통찰에 대한 이해의 폭을 넓힐 수 있었다. 제대한 뒤에는 시골에 처박혀 살면서, 날마다 정해진 사람들과 얼굴을 마주하며 사는 탓으로 오히려 그들을 유심히 관찰할 수 있는 시간과 기회가 많았다. 그것은 아마 〈보바리 부인〉의 세계보다 더 다채로울 수도 있다는 것이 지금도 변함없는 내 생각이다. 아무튼 나는 지금도 때때로 그것을 한 편의 글로 써보고 싶다는 생각이 들 때가 있는데, 「정복자들」의 주제도 그런 욕구 중의 하나였던 것이 사실이다. 그렇지만 나는 이제 무엇인가를 글로 쓴다는 것을 단념해버린 지 오래되었다. 왜냐하면, 나는 생각과 글이 원초적으로 다르다는 사실을 알아버렸기 때문이다. 말하자면, 생각은 형체 이전의 형체이므로 눈앞에 보는 듯이 형상화되어 나타나야 하는 글과는 엄연히 구별되어야 하는 무엇이기 때문인 것이다. 그러므로 글로 쓰는 것과 말로 하는 것 또한 하늘과 땅만큼 차이가 크다는 사실도 알아버린 지 오래라는 사실을 나는 지금 말하고 있는 것이다. 그것을 알아버린 이상, 나는 무엇인가를 글로

소설가 구보 씨의 초대

쓴다는 것에 대하여 단념을 해버린 지 오래라는 사실을, 나는 지금 이렇게 강조하고 있는 것이다.

"왜 이런 이야기를 하느냐 하면."

하고, 그는 다시 전제했다.

"그런데 나는 지금도 여전히 마음 한구석에서는 인간학에 대한 미련을 버리지 못하고 있기 때문이야."

고교시절에 문학 서클에서 만나기만 하면, 문학도인 자기들은 의문의 여지가 없이 세상의 학문을 망라하는 '인간학'을 공부하고 있는 것이라고 기고만장했던 객기를 회상하면서 하는 말인 듯하였다.

"그래선지 나는 지금도 어쩌다 꿈을 꾸면 그때 그 시절로 돌아가서 시를 쓰고 있고는 해."

어쨌든 막내동생이 아버지로부터 읍내학교를 물려받았다는 사실은 앞에서 이야기한 그대로다. 시골학교라고는 하지만 중고등학교 병설이어서, 학생 수가 2천 명에 이르는 큰 규모였다. 그런데 아버지는 학교를 물려주시자마자 무슨 수를 썼는지 모르지만 동생을 대뜸 교장으로 앉혀 놓았다. 어려서부터 총명하고 똑똑하며, 매사에 소년단원처럼 모범적이었던 동생을 아버지는 마음 깊이 신뢰하였기 때문이었는지 모른다. 그런데 실상은 그것이 당신 생전의 유일한 실수였던 것으로 나중에 판명이 되고 말았다. 왜냐하면, 동생은 갈데없는 책상물림인 데다가 의문의 여지가 없는 정식주의자였기 때문이다. 정식주의자란 완벽에 대한 집착이 강한 법이어서, 유연성의 결여라는 결함을 갖는다. 그래서 정직한 놈 순진한 놈으로 이뤄지는 원칙주의자들은 어디서나 먼저 당하게 되어 있는 것이다. 동생 주위에도 벌써 하이에나 같은 무리들이 흘끔거리며 모여들고 있었는데, 그들이 바로 그 당시 세상을 시끌시끌하게 했던 어떤 교육단체의 회원들이었다는 사실을 여기서 밝히기로 한다. 아니, 익명으로 말할 필요가 없이, 그들이 바로 〈자평박민교사협의회〉 소속 교사들이었다는 사실을 밝힌다. '자평박민'이란 '자유, 평등, 박애, 민주'의 줄임말이다. 그들이 차용한 '자유, 평등, 박애'가 프랑스혁명의 모토였고 '민주'가 근대 시민정신의 표상인 것을 생각해 보면, 그들은 인류역사상 가장 거룩하고 성스러운 이름을 가진 교육단체의 회원들이었던 셈이다. 그렇지만 그들이 얼마나 비겁하고 교활하고 허위에 찬 얼간이 평등주의자들인지에 대해서는 모르는 사람이 없는 일이었으니, 나는 이런 부류의 인간들을 '투덜거리는 자들'이라고 부른다.

"투덜거리는 자들."

하고, 그는 계속 말했다.

"구약에 보면 그런 부류의 인간들이 잘 묘사되어 있어."

「창세기」에서 보자면, 아담은 에덴동산에서 금단의 열매를 따먹고 죄를 지은 사실을 추궁 당하자 이브를 가리키며 저 여자가 나더러 그것을 따먹으라고 시켰다고 둘러댄다. 카인은 아벨을 쳐 죽인 뒤에, 아벨이 어디 있느냐고 하느님이 묻자 내가 동생을 지키는 자냐고 항변한다. 비겁하고 교활한 '투덜거리는 자'들의 전형인 것이다. 왜냐하면, 그들은 우리 교육의 후진성, 전근대성, 빈민주적 요소가 모두 앞 세대의 잘못이라는 왜곡된 이데올로기를 전파하는 데 혈안이 된 자들이기 때문이었다. 그런데 그들은 '북유럽식 교육'의 열렬한 신봉자들로서, 한마디로 말하여 그들은 북유럽식 교육을 구현하기 위한 역사적 사명을 띠고 이 땅에 태어났다는 식이었다. 그리하여 그들은 우리 교육의 병폐인 주입식교육, 전근대성, 획일주의, 반민주적 풍토를 규탄하면서, 그에 대한 강렬한 투쟁을 선언하고 나섰던 것이다. 그렇지만 교육에서는 지나친 엘리트주의와 마찬가지로 평등주의도 경계되어야 하는 그 무엇일 따름이라는 사실에 대해서는 초등학생일지라도 모르는 사람이 없는 일이다. 엘리트교육의 병폐는 〈프랑스국립행정학교〉에서 보는 바와 같이, 선택된 소수의 엘리트들이 행정과 경제를 독점하는 심각한 불평등의 대물림을 초래하게 된다. 평등주의의 함정은 '프로쿠르테스의 침대'로 비유된다. 그리스신화에서 보자면, 프로크루테스는 나그네를 잡아다가 침대에 눕혀보고 작으면 두드려 늘리고 크면 톱으로 잘라내어 키를 맞추는 괴상한 도둑놈이다. 물론 동생네 학교의 얼간이 평등주의자들을 싸잡아 프로크루테스로 매도한다는 것은 지나친 일이 아닐 수 없을 것이다. 그런데 그들의 투쟁목표가 점심시간 10분 연장이었다는 사실은 다소 의외의 느낌을 주는 것이었는데, 왜냐하면, 중고등학교 50분 점심시간이야말로 우리교육의 전근대성, 획일성, 반민주적 요소의 결정이라는 주장이었지만, 일반 사람들에게는 그것이 조금은 하찮은 일상으로 여겨졌기 때문이었다. 그런데 그들은 그것이 청소년 성장에 막대한 영향을 끼치는 것으로서, 어린 학생들이 그 짧은 시간에 먹은 음식을 다 소화시켜야 한다는 것은 명백히 신체 메커니즘에 반하는 것이고, 인권을 짓밟는 비민주적 처사라는 주장이었다.

"그에 따르는 에피소드가 많지만……"

하면서, 황보는 이야기를 계속했다.

그 중에 재미있는 한 가지만 더 소개하기로 하자면, 어느 신문기자가 그 교육단체 대표에게 이런 질의를 한 적이 있었다는 것이다. 그렇다면 당신들이 신주처럼 떠받드는 그 북유럽식 교육의 핵심이 무엇이며, 왜 그것이 우리나라에 도입되어야 하는 것이며, 심지어는 그곳에는 가본 적이 있느냐는 질문을 던진 적이 있었다는 것이다. 그에 대한 대답이 어떤 것이었는지는 정확하게 알려진 것이 없지만, 그러나 그곳에는 아직 가보지 못하였다고 실토했다는 말은 전해진 바가 있어서, 많은 사람들이 실소하면서도 그것을 매우 재미있어 했던 기억만은 남아 있다. 아무튼 북유럽식 교육이 지구상에서 가장 진보적인 것이고 민주적인 것이며, 유사 이래 인류가 실험한 모든 교육제도 중에서도 가장 이상적인 것이고 모범적인 것이 분명한 이상, 우리나라와 같이 미개한 교육후진국에서는 한시라도 빨리 그것을 도입하여, 미래세대를 위한 역사적인 교육개혁을 이뤄야 한다는 주장을 그 사람은 확신에 찬 어조로 계속 강조하고 있었다는 것이다.

"그렇지만 나는 타인의 신념에 대해서는 눈곱만큼도 왈가왈부할 생각이 없는 사람이라는 사실을 말해 두고 싶어."

황보는 여기서 숨을 돌리며 말했다.

"파스칼도 갈대와 같이 연약한 인간의 생각을 바꾸기 위해 우주가 무장할 필요는 없는 일이라고 말한 바 있어. 왜냐하면, 파스칼식으로 말하면 아무리 하찮은 것일지라도 누군가 맹목의 신념을 가지고 있다면, 우주의 지렛대로도 그것을 움직일 수가 없기 때문이야."

구보 씨는 그에게 맥주잔을 내밀었다.

황보는 한 모금 들이키고 이야기를 계속했다.

인간의 행동양식이 타고난 성격과 환경의 결합으로 이루어진다는 사실은 삼척동자라도 모르는 사람이 없는 일이다. 그런데 동생에게서는 그것이 환경이 아니라 대부분 타고난 성격으로 이루어지고 있었다는 사실을 나는 여기서 말하려고 하는 것이다. 예를 들자면, 동생은 교육부의 매뉴얼대로 학교 점심시간을 50분으로 빈틈없이 운영하고 있었는데, 왜냐하면, 1분 1초라도 예외규정을 둔다는 것을 그로서는 꿈에서도 상상해 본 적이 없었기 때문이었다. 심지어는 봄가을 소풍과 같은 야외행사에서도 그것을 어김없이 적용하고 있었으니, 그것이야말로 성격이 빚어낸 맹목의 신념이었다고 말할 수밖에 없었던 것이다. 그러므로 점심시간을 10분 연장해야 한다는 주장에 대하여 동생이 어떻게 대처하였을 것인가는 불을 보듯 뻔한 것이었다. 말하자면, 그것은 성격이 빚어낸 맹목의 신념인 것이어서, 우주의 지렛대로도 움직일 수 없는 것이었던 것이다. 그렇지만 동생에게는 그것이 가위눌리는 악몽의 지속과 같은 것으로 되었으니, 왜냐하면, 자평박민교사협의회 회원들의 협박과 저항이야말로 비열하기 짝이 없는 것이었기 때문이었다. 동생은 밤에 잠을 자다가도 아이 이름을 대면서 협박하는 그들의 전화에 소스라쳐 깨어난 적이 한두 번이 아니었으니, 심지어는 교통사고로 위장한 테러를 당한 적도 있었다. 시달릴 대로 시달리던 동생은, 그리하여 마침내 그것을 투표로 결정하자는 가장 민주적인 대안을 내놓고 말았다. 여기서 '민주적'이라고 말하는 것은, 그것이 얼마나 순진한 것이며, 그 순진한 것이 얼마나 어리석은 것이며, 그 어리석은 것이 얼마나 큰 과오를 낳는 것인가에 대한 아이러니를 말하지 않을 수 없기 때문이다. 안락을 추구하는 편의주의에 대한 인간의 욕망은 조물주도 어쩔 수 없는 것이어서, 예컨대 '서 있는 것이 좋으냐, 누워 있는 것이 좋으냐?' 물어본다면 누구나 눕는 것이 좋다고 대답할 것임은 삼척동자라도 모르는 사람이 없는 일이다. 그러므로 점심시간을 10분 연장할 것인가 말 것인가에 대한 민주적인 투표에서 과연 어느 쪽이 승리했을 것인가는 손바닥 들여다보듯 뻔히 짐작할 수 있는 일이었던 것이다. 그런데 나중에 알려진 바로는, 동생은 학생들만은 자기의 순수한 판단을 지지해 주리라는 희망을 품고 있었다고 하니, 그것이 얼마나 순진한 어리석음이었는지는 그 뒤에 일어난 일련의 사건으로 증명이 되고 말았다.

"왜냐하면."

하고, 그는 결론을 말했다.

문제의 교사단체에서는 그 여세를 몰아, 마침내 동생네 학교에 '교장순번제'라는 유례없는 제도를 도입시키는 일대 위업을 달성하고야 말았으니 말이었다.

"교장순번제?"

구보 씨가 놀라서 반문했다.

"그것은, 대단한 진전인데?"

"진전이 아니라 혁명이었던 것이지."

하면서, 황보는 이야기를 계속했다.

"밖에서 떨고 있는 사람을 방으로 들이면, 나중에는 아랫목을 내놓으라고 하는 것이 세상의 이치거든."

결국은 그렇게 진행될 수밖에 없는 일이었는지 모른다.

점심시간 10분 연장이라는 사소한 일상으로부터 시작된 권력의 이동은 마침내 돌진하는 밤의 열차처럼 누구도 제어할 수 없는 상황으로 치닫고 말았다. 그리하여 동생네 학교에서는 학생과 교사와 학부모들이 참여하는 민주투표에 의해 '원로교사'들이 선출되고, 그들로 구성된 '원로교사협의회'에서 교장을 선출하는 전례 없는 제도를 도입하기에까지 이르렀던 것이다. 이것이 바로 '교장순번제'라는 혁명적 제도의 탄생이었던 것이니, 그들을 얼간이 평등주의자라고 깔볼 것이 아니었음은 그로써 자명한 일이 되었던 것이다. 그리하여 동생은 '명예교장'으로 물러앉고, '순번제교장'들이 그 자리를 대신 꿰차게 되었던 것이니, 권력의 이동이란 그것을 두고 말하는 것이었다. 결론을 말하자면, 점심시간 10분 연장이라는 사소한 일상으로부터 시작된 권력의 이동이 그처럼 엄청난 결과를 초래하였다는 것은, 그래서 「정복자들」은 그 속에 자못 신랄한 야유와 풍자를 담고 있는 것이다.

"이것이 그 이야기의 핵심이야."

황보는 여기서 긴 이야기를 마무리했다.

"동진이가 그것을 잘 정리했군."

두 사람은 이런저런 이야기를 한참 더 나누었다.

"자네는 더 남아 있을 것인가?"

황보가 일어서면서 묻는 말이었다.

"글쎄."

두 사람은 식당 입구에서 헤어졌다.

# 5장. 언덕 위의 하얀 집

아무도 죽은 자를 말하지 않는다.

구보 씨의 옆자리에 앉아 있는 일행도 아까부터 줄곧 바둑 이야기만 나누고 있었다. 바둑을 두고 있다가 갑자기 저 세상으로 떠난 임보의 죽음과 관련된 어떤 이야기인 듯했다. 그렇지만 그것은 역시 고인에 관한 이야기가 아니었다. 그들은 같은 회사 직원들인지 네 사람 중에 세 명이 제복 비슷한 옷을 입고 있었다.

"바둑 이야기가 나와서 하는 말이지만……."

하면서, 그들은 계속 주고받았다.

천재기사 이세돌이 인공지능 〈알파고〉와의 대국에서 진 것은 지난해 봄이었다. 사방에 황사가 날리고, 꽃샘추위가 옷깃에 파고드는 을씨년스런 날이었다. 매스컴에서 연일 '세기의 대결'이라고 떠들어대던 그 대국이었다.

그런데 사람들이 잔뜩 기대에 부풀어 있었던 것에는 상관없이, 그것은 알파고의 일방적 승리로 끝나고 말았다. 구보 씨는 이세돌이 알파고에게 3대1로 지는 것을 보면서, 인간에게는 어쩐지 미래가 없을 것만 같은 우울한 생각이 들었던 그때의 기억이 되살아났다. 알파고를 개발한 〈구글(Google)〉의 연구팀들이 밝힌 '우리는 달에 착륙했다!'는 소감도 기분을 묘하게 하기는 마찬가지였던 기억도 되살아났다. 옆자리에서 주고받는 이야기들이 그런 기억들을 다시 생생한 느낌으로 불러일으키고 있는데,

"그런데 이 과학기술의 발달이라는 것이 묘한 구석이 있어서……."

하면서, 그들은 여전히 진지한 화제를 이어가고 있었다.

"얼마 전, 중국에서 플라스틱 원료로 쌀을 만들고 있는 현장을 티비 고발프로에서 본 적이 있어. 그런데 쌀은 기막히게 정교하게 만들어져서, 쌀집에서도 진짜 쌀과 구별하지 못할 정도였어. 그것이 사람 뱃속에 들어가면 얼마나 치명적인 해독을 끼치게 될 것인지는 두 말할 필요가 없어. 그런데 그것을 만들어 팔아먹고 있는 작자들은 눈곱만큼도 양심의 가책이 없는 뻔뻔한 얼굴이었어. 인

　　　　　　　　소설가 구보 씨의 초대

류의 역사에서 대부분의 기술개발이 그런 식으로 이뤄져왔다는 사실은 누구도 부인할 수가 없어. 과학기술이 타락하게 되면 그 끝을 모르게 되는 법이니까. 그러므로 이번 알파고에서처럼, 앞으로의 인간지능 개발도 대부분 그런 식으로 진행되리라는 사실은 불을 보는 듯이……."

그런데 누군가 이 대목에서 갑자기 엉뚱한 이야기를 꺼내는 바람에 분위기가 흐트러지고 말았다. 얼마 전에, 미국의 어떤 대학에서 〈이바타〉라는 이름을 붙인 여성 인조생식기를 만들었다는 뉴스를 TV에서 보았다는 것이다. 그러면 앞으로는 남자들이 일요일에 실컷 늦잠을 자다가 일어나 슬리퍼를 끌고 가서, 동네마트에서 그것을 사다가 열심히 가상의 섹스를 즐기게 되는 것이 아니겠느냐는 말이 그 뒤를 이었다. 이번에는 옆자리에서 확실하게 낄낄거리는 웃음소리가 났다.

"자네가 뭘 상상하고 있는지 알만 해!"

그때, 구보 씨의 앞 빈자리에 누가 와서 앉았다.

"임보의 별세 소식을 신문에서 보고 알았어."

문학 서클 〈예감〉의 네 번째 멤버인 유영하(柳永河)였다. 여느 친구들과 마찬가지로, 그에게도 개별적으로 부고가 전해졌을 리 없었다. 구보 씨는 신문에서나마 소식을 알고 찾아온 그가 고맙게 느껴졌다.

"자네가 호상(護喪) 역할을 톡톡히 하고 있군."

문상객들이 대부분 돌아간 뒤여서 식당은 한산했다. 그들은 종이컵에 맥주를 따라 한 잔씩 들이켰다. 장례식장의 가라앉은 분위기가 고즈넉한 느낌으로 다가오는 초저녁 한때였다.

"요즘 근황이 어떤가?"

두 사람은 이런저런 이야기를 한참 나누었다.

구보 씨의 기억이 분명하다면, 그는 〈예감〉의 다른 친구들보다 한 살 나이가 어렸다. 읍내에 가려면 산길을 이십 리나 걸어 나와야 하는 산중마을이었지만 다른 애들보다 빨리 학교에 갔던 때문이었다. 신학기에 우연히 이웃집 형을 따라 학교에 간 것이 입학으로 간주되었다는 이야기를 그는 자주 들려주었다. 도시에 와서 고등학생이 된 뒤에는, 장미가시에 찔린 무릎의 상처로 세상을 떠나게 되었다는 릴케에게 심취해 있는 문학소년이 되어 있었다. 열심히 시를 쓰고 있었지만, 황보와 마찬가지로 감상적인 문학소년의 취미가 고스란히 묻어나는 그런 작품들이었다. 그런데 그 무렵 친구들 사이에 굉장한 화제가 되었던 '연애편지 사건'으로 그마저 막을 내리게 되었다.

〈예감〉이 남학생 다섯 명과 여학생 두 명으로 구성되어 있었다는 사실은 앞에서 몇 차례 얘기된 바 있다.

임보가 중심이 되어 만들어진 그 동인회는 회원 영입에서부터 꽤 공을 들인 편이었다. 백일장 등에서 적어도 한 가지 이상의 수상 경력이 있어야 했다. 그래서 자기들은 세상의 모든 학문을 망라하는 '인간학'을 공부하고 있다고 기고만장했던 까닭도 거기에 있었다. 그런데 남학생들이 다니던 학교는 역사가 짧은 신설학교이거나 평판이 안 좋은 학교여서 내놓을 만한 것이 없었다. 두 여학생은 다른 지방에서도 명문으로 이름이 알려진 여자고등학교 재학생들이었다. 그 중에 신명희(申明姬)는 눈매가 곱고, 웃을 때 드러나는 보조개가 매력적이던 여학생이었다.

그런데 모임에서 몇 번 만나는 동안에, 영하는 그녀와 시선이 마주치기만 하면 가슴이 두근거리고 눈앞이 보얗게 흐려지는 이상한 증세를 앓게 되었다. 시간이 지난 뒤에도 그는 어리둥절하고 기묘한 그 감정을 이해하지 못하였다. 루소의 표현을 빌리자면, 그때까지도 그는 자신이 '사랑을 사랑하는 나이'를 통과하고 있다는 사실을 아직 깨닫지 못하고 있었기 때문이었다. 그러나 문학소년의 솜씨를 있는 대로 발휘하여, 그는 날마다 그녀에게 편지를 썼다. 인생의 모든 것이 거기에 걸려 있기라도 하는 것처럼, 그는 그녀에게 편지를 쓰고 쓰고 쓰고 또 썼다. 고등학교를 졸업할 무렵까지 거의 1백여 통의 편지를 썼다고 하니 경이로운 일이 아닐 수 없었다.

〈예감〉의 첫 모임에서였다.

친구들은 동인회에 가입하게 된 경위랄지 소감 같은 것을 돌아가며 이야기하고 있었다. 그는 산골에서 나와, 도시에 와서 고등학생 된 소감을 다음과 같이 말했다.

"도시로 나오자 신기한 것이 많았지만, 그 중에서도 제가 입학한 학교 바로 옆에 대학이 있다는 사실이 놀라웠습니다. 대학에 들어가는 것은 신성한 땅에 발을 들여놓는 것이나 마찬가지라는 글을 읽은 적이 있습니다. 산골에서 자란 저에게는, 대학이 그렇게 도달할 수 없는 먼 곳에 까마득히 높이 존재하고 있다는 사실이 경이로웠던 것입니다. 그래서 아침에 어깨를 스치며 지나가는 대학생들을 보고 있노라면……."

시민들이 돈키호테라고 부르던 어느 몽상가가 설립한 대학이었다. 그런데 산 하나를 통째로 밀어붙이고 세운 그 캠퍼스에는 독특한 건물들이 많았다. 그 중에서도 특히 '백악의 전당'이라고 부르던 7층 건물은 유명했다. 멀리서 보면 구름 속에 솟아 있는 성채처럼 웅장하고 신비롭기까지 했다. 도시에 나온 산골소년의 눈에는 그 모든 것들이 신기하고 경이로웠던 모양이었다.

소설가 구보 씨의 초대

"저는 그 건물 꼭대기에 올라가 도시를 내려다보는 것이 소원이었습니다. 그래서 어느 날 수업도 빼먹고 그곳으로 달려갔습니다. 하늘에 오르는 사다리처럼 높은 계단을 타고 7층 꼭대기까지 올라갔는데……."

입가에 저절로 미소를 떠올리게 하는 것이었지만, 명희는 고개를 숙이고 손등으로 입을 가리며 웃었다. 그녀에게는 그의 촌스러움이 참을 수 없이 우스꽝스러웠을지도 모르는 일이었다. 그런데 그에게 그것이 오히려 특별한 인상으로 남게 되었다는 것은, 그 또한 인생의 아이러니가 아닐 수 없었다. 여기서 다시 루소의 표현을 빌려 말하자면, 그 무렵에 그는 '사랑을 사랑하는 나이'를 지나고 있었기 때문이었다.

아무튼 친구들 사이에 굉장한 화제가 되었던 그의 연애편지 사건은 그것으로 끝난 것이 아니었다. 학교를 졸업하자마자 그가 군대에 갔던 것은 두 가지 이유에서였다. 대학에 진학하면 우선 살인적인 등록금을 감당할 수 없으리라는 가난한 집안형편 때문이었지만, 속으로는 군대와 전쟁과 죽음을 하드보일드 문체로 그려낸 헤밍웨이의 소설에 심취해 있던 문학소년의 겉멋이 그를 해군모병관실 문을 두드리게 하였다. 입대한 뒤에는 거친 바다 위를 떠도는 병사의 고달픈 삶이 시작되었다. 그러나 하루일과가 끝나면 숙소로 돌아와, 그는 머리맡에 손가락만한 전구를 켜놓고 엎드려 그녀에게 편지를 썼다. '사랑한다, 쓸쓸하다.'라는 말들의 치기 어린 동어 반복이었지만, 그는 여전히 거기에 자기의 인생이 전부 걸려 있기라도 하는 것처럼 진지했다.

제대할 무렵까지 그는 3백여 통의 편지를 썼다. 그러나 명희로부터는 달랑 한 장의 답장을 받아보았을 뿐이었다. 입대하기 전에 받은 편지에서, 그녀는 해군에 가면 재미있는 일이 많을 테니 간혹 소식을 보내 달라고 했다. 그러나 군대에서 겪은 아무리 기묘한 이야기를 써 보내도 그녀에게서는 답장이 없었다. 편지가 제대로 배달되고 있는지 우체국에 가서 한 번 따져보고 싶다는 생각이 들 정도였다. 그러나 속수무책일 수밖에 없었던 그는, 여전히 사무치는 마음의 연속이었을 따름이었다.

제대를 앞둔 마지막 휴가를 나와, 그는 서울로 그녀를 찾아갔다. 입대하기 전에 받은 편지에 적힌 주소를 들고 찾아간 그곳은 인왕산 밑 주택가였다. 그녀의 집을 찾아놓고도 몇 번이나 골목을 배회하면서 마음을 가라앉히느라고 애를 썼다. 오랜 망설임 끝에, 마지막 용기를 내어 문을 두드리자,

"누구세요?"

대문 뒤에서 높고 투명한 목소리가 울렸다. 슬리퍼를 끌고 나와

서 문을 열어준 사람은 그녀였다. 명희는 놀라는 눈치였지만 그의 눈에는 이미 한 가닥 깊은 슬픔이 스쳐 지나간 뒤였다. 그가 후줄근한 군복에 갇혀 있는 동안에, 그녀는 어느 유명 여자대학 3학년생이 되어 있었다.

"무슨 일이냐?"

명희 어머니가 툇마루에 나와 물었다. 그녀는 대문 앞에 엉거주춤 서 있는 해군 병사가 자기 딸에게 오랫동안 편지를 써 보낸 장본인이라는 사실을 금방 알아보았다.

"대학에 가지 않고 왜 군대에 갔을까?"

그녀가 던진 첫마디였다. 그녀는 대학생이 되지 못한 그를 장래가 없는 청년, 여전히 성장하지 못한 산골소년으로 치부하고 있었음이 분명했다. 그런데 그는 대학이라는 것이 그토록 까마득한 저쪽에 성채처럼 높이 솟아 있다는 사실을 한 번도 생각해 본 적이 없었다. 그때서야 그는 그녀가 동정과 연민이 아닌, 경멸의 눈초리로 자기를 내려다보고 있음을 알았다.

"밖에 나가 얘기하고 오렴."

그렇지만 명희는 골목 입구 제과점에 마주앉아서도 별다른 말이 없었다. 차갑고 어색한 침묵이 돌았다. 그때서야 그는 자기의 젊음의 한 때가 그렇게 상실과 환멸 속에 사라져가고 있음을 알았다.

눈길을 어디에 둬야 할지 모르고 있다가, 그는 떨리는 목소리로 말했다.

"편지는…… 그만 쓸게."

그런데 그녀를 30여 년 만에 다시 만났다.

"그날, 교장회의에 참석했을 때였어."

오랜 미망에서 깨어난 듯이, 그는 제대한 뒤에 어찌어찌 학비를 마련하여 대학에 진학하였다. 교육대학을 택했던 것은, 상대적으로 학비가 싸고 졸업하면 곧바로 교사가 될 수 있었기 때문이었다. 무미건조하고 단조롭던 학창시절은, 그러나 졸업하자마자 시작된 교사생활로 다소나마 보상이 되었다. 근무지 학교에서는 이것저것 잊어버리기로 하고 업무에만 전념했다. 학생들을 열심히 가르치고, 교실 뒤 게시판에 그래프를 그려가며 저축이나 혼식을 장려하기도 했다. 그런저런 일들이 성과를 나타내었는지, 그는 동급생들보다 조금 빨리 승진하여 교장이 되었다.

"그런 어느 날 교장회의에 나갔다가 그녀를 만났어."

명희는 교장단회의가 열린 그 학교의 교장이었다. 그녀는 원숙한 중년부인이 되어 있었지만 여학생 시절의 이미지가 아직 조금 그대로 남아 있었다. 시간이 흐르자 마음이 가라앉은 그는, 소년 같은 용기를 내어, 쉬는 시간에 교장실로 찾아가 그녀를 만났다.

소설가 구보 씨의 초대

30여 년만의 해후였지만 그러나 여전히 어색하고 거북한 대면이었을 따름이었다. 무슨 이야기 끝에든가, 그는 지나가는 말로 그녀의 전화번호를 물었다.

"전화를 하시려구요?"

그녀가 말했다.

"한가한 시간이 생기면……."

하면서, 그는 차라도 한 잔 나누고 싶다고 말했다.

"차를요?"

가라앉은 목소리로 그녀가 다시,

"무슨 차를요?"

"그러니까, 그것이, 커피라든지……."

당황한 목소리로 더듬대자,

"식은 커피요?"

하면서, 그녀가 웃었다. 그는 가슴이 싸늘하게 식었다. 도망치듯 교장실을 나오고 말았다.

"서울대학에 있습니다."

다음 시간에, 강사로 초빙된 그 교수는 말했다.

텍사스주립대 교육학박사라고 사회자가 소개한 뒤였다.

"신명희 교장은 같은 동네에서 살았던 동생입니다. 어릴 적부터 너무 예뻐서, 다른 애들이 곁에 있으면 질투심 때문에 마음이 괴로울 정도였지요. 교장 선생님이 되신 것이 너무나 기쁘고 대견합니다. 연락이 오자마자 강의도 제쳐두고 한달음에 달려왔습니다. 저로서는 이보다 뿌듯하고 행복할 수가 없으니까요."

교수가 그녀를 얼마나 좋아했는지는 이 한마디만으로도 충분했다. 몽롱한 언어로 연애편지나 써 보냈던 자기와는 견줄 바가 아니었다. 그 사실을 깨닫는 순간에, 그는 덧없는 것들의 몽상과 같은 그녀에 대한 모든 미련과 환상을 버렸다.

"하지만 그것은 젊은 시절에 꾸었던 우매한 꿈의 파편에 불과한 것일 수도 있었어."

그러면서 그는 다른 이야기를 시작했다.

"3년 전에 명예퇴직 했어."

그런데 그때부터 그는 자기 인생이 급전직하로 무너지기 시작하였다고 말하였다.

"한 달쯤 전이었어."

그는 다시 그 이야기를 들려주었다.

아침에 그는 구청에 개설된 컴퓨터교육을 받으러 가는 길이었다. 집에서 나오자 저만큼 떨어진 골목 어귀에 중학생들이 분명한 남자애 세 명과 여자애 두 명이 모여 있었다. 모텔에서 혼숙이라도 하고 있다가 나온 애들처럼 난잡해 보이는 모양이 이만저만 눈에 거슬리는 것이 아니었다. 계집애들은 노랑머리였고, 남학생 두 명은 담배를 피우고 있었다. 모르는 척 지나가는 것이 상책이라는 생각이 들었으나 오랜 교사생활에 젖은 타성이 그의 발걸음을 돌려놓고 말았다. 그는 학생들을 향해 똑바로 걸어갔다.

"야, 꼰대!"

그런데 가까이 가자 한 애가 분명히 그렇게 소리쳤다.

"뭐 하러 와?"

그 순간, 그는 주저앉을 듯한 무릎을 가까스로 지탱했다.

"뭐 하러 오는지 다 알아. 존 말할 때 가, 씨발 놈아!"

이 사건이 명예퇴직 뒤에 그가 겪은 많은 일들을 한꺼번에 눈앞에 던져놓았다. 정년퇴임을 2년여 남겨놓고 명예퇴직을 신청했던 것은 순전히 퇴직금 때문이었다. 명예퇴직을 하게 되면 상당한 액수의 퇴직금이 가산되는 제도였기 때문이었다. 그는 그것으로 시골에 멋진 전원주택을 한 채 지어 사는 것이 꿈이었다.

"유행가에서처럼, 언덕 위에 하얀 집을 짓고 임과 함께 한 오백 년 사는 것이 어릴 적부터의 꿈이었지."

그런데 그것은 집에 대한 이야기가 아니었다. 무슨 말인가 하고 들어보니, 구보 씨는 그가 어떤 종류의 환멸에 대하여 이야기하고 있음을 알았다. 그는 두 아들을 두었다. 그런데 퇴직하자마자 자식들과의 사이에 미묘한 재산 분할 문제가 제기되었다고 그는 말했다.

"성경에 카인과 아벨의 이야기가 있어."

어려서부터 사사건건 다투기를 잘하던 두 아들에게 그는 종종 그 이야기를 들려주고는 하였다.

"고려 공민왕 때의 일이야. 두 형제가 길을 가고 있었어. 길을 가다가 아우가 길에서 황금 두 덩이를 주웠어. 아우는 그것을 한 덩이씩 형과 나누어 가지고 강가에 이르러 배를 타게 되었어. 그런데 아우는 문득 제 손에 든 금을 강물에 던져버렸어. 형이 이상하게 생각하고 그 까닭을 물었어. '금을 줍기 전까지는 형을 사랑하고 위하는 마음이 변함없었으나, 금을 나누어 갖고 난 후부터는 갑자기 형을 시기하고 미워하는 마음이 들었기 때문입니다.' 형이 그 말을 듣고는 너의 말이 옳다고 하면서 자기 역시 강물에 금을 버렸어. 『동국여지승람』에 전하는 이야기야."

성경에 나오는 유명한 '탕자의 이야기'와 비교되는 이 설화를 통하여, 그는 두 아들이 의좋은 형제로 자라기를 바랐다.

"그런데 인간이 얼마나 이기적인 존재인가는 성경에도 누누이 기록되어 있어. 내가 크리스천이어서 이런 얘길 하는 게 아니야.

이기심은 인간성의 주된 동기이므로, 이것은 우리들이 도저히 피할 수 없는 특징인 것이야. 말하자면, 이기적 상황에서는 부모나 자식이나 형제간에도 다만 적대감이 존재하고 있을 따름이라는 것이야."

두 사람은 다시 맥주를 한 잔씩 들이켰다.

"그렇지만 나는 인간성이랄지, 우리의 본성 속에 존재하는 어두움 같은 것을 강조하려는 것이 아니야. 나는 다만 집에 관한 어떤 것, 내가 겪은 사소한 체험을 들려주려는 것일 따름이야."

전제가 길어졌지만, 하면서 그는 계속했다.

오랜 교직생활이 끝났지만 수중에 남은 돈이 별로 없었다. 퇴직금을 대부분 연금으로 돌려놓았기 때문이었다. 퇴직 후에는 그것으로 기초적인 생활은 해나가게 되었다. 그러나 어쩐지 궁색한 느낌을 떨쳐버릴 수가 없었다. 그런데 두 아들은 그것에 은근히 기대를 걸고 있었던 모양이었다. 아니, 속으로는 열심히 계산을 하면서 마음이 부풀어 있었는지도 모르는 일이었다. 얼마동안 슬슬 눈치를 살피더니,

"아버지, 드릴 말씀이 있는데요."

마침내 둘째 아들이 운을 떼었다. 완곡한 말로 시작하는 것이었지만 결국은 돈 이야기였다.

"너는 돈이 생기면 어디에 쓸 것이냐?"

영하는 소심해서 남 앞에 잘 나서지를 못하는 큰아들에게 먼저 이렇게 물어보았다. 속으로는 이미 재산을 3등분하려는 계획이 서 있었다. 큰아들은 동네 슈퍼마켓을 인수하여 장사를 해보겠다는 포부를 밝혔다. 둘째 아들은 아파트 대출금을 이야기하는 것이었는데, 결국은 부모 돈으로 집을 마련하겠다는 욕심이었다. 서른이 넘도록 일정한 직업이 없이 빌빌거리고 있는 큰아들이 보기에 늘 딱하던 참이었다. 괘씸하긴 하였지만, 둘째 아들이 아파트 대출금 때문에 사채라도 써야 하는 현실을 또한 모르는 척 할 수가 없었다. 그런저런 사정들을 감안하여, 그는 살고 있던 아파트를 처분했다. 그리고 세 사람 몫으로 3등분하여 나누자, 재산이 정확하게 3분의 1로 줄어들었다. 젊은 시절에 읽었던 '20년 모은 재산 까치집 하나'라는 구절이 새삼 머리에 떠오르는 순간이었다.

"그런데 얼마 뒤에 그 일이 일어났어."

그 몇 달 사이에 많은 일들이 일어났다.

재산을 처분한 뒤에, 도시 근교로 옮겨 집을 짓고 있을 때였다. 유행가에서처럼 '언덕 위에 하얀 집'을 지어 교외생활자의 호사를 누리는 일만 남아 있는 듯했다. 고향에 살던 집이 빈집인 채로 남아 있었지만 그곳으로 갈 수는 없었다. 도시에서 너무 먼 곳에 떨어져 있고, 마을 자체가 폐촌이 되어 사라져버릴 형편이었다. 더구나 갑상선항진증을 앓고 있는 아내는 몸이 허약한데다가, 밤이면 무서움을 잘 타는 성격이라서 너무 외진 곳에 떨어져 살 형편이 못되었다.

"그래서 30분쯤 거리에 땅을 마련해 뒀지."

주변의 산들이 수려하고, 근처에 아담한 저수지가 있어서 마음에 드는 곳이었다. 그 땅을 계약하던 때는 늦은 봄날이었는데, 저수지에 드리운 낙조가 그렇게 아름다울 수가 없었다. 수면으로 내려온 산 그림자가 말 그대로 한 폭의 수묵화를 연상시켰다.

"그렇지만 경치는 사흘이면 끝나는 것이야."

그것을 확인이라도 해 주려는 듯이, 얼마 뒤에 그는 꿈에서도 생각해 본 적이 없는 통지서를 한 장 받았다. 세무서로부터 날아온 그 통지서에는, 양도소득세가 부과될 예정이오니 문의할 사항이 있으면 방문해서 확인하라는 내용이 담겨 있었다. 까닭 없이 가슴이 덜컥 내려앉은 그는, 세무서에 가서 담당공무원을 만났다.

"얼마 전에 아파트를 매각하셨군요?"

담당공무원이 말했다.

"예."

"1가구 2주택이므로 양도세가 꽤 나오겠는데요."

"양도소득세요?"

"예, 시골에 선생님 이름으로 된 집이 있어요."

"그래서 1가구 2주택인가요?"

"예."

담당공무원은 무표정했다.

"1가구 2주택은 세율이 워낙 높으니까요."

그러면서 1억 원이 넘을 것 같다고 말했다.

"1억이오?"

저절로 신음 같은 소리가 새나왔다.

그가 집을 두 채 가지게 된 내력은 이러했다.

90년쯤 전에, 그의 조부는 산비탈에 움막을 한 채 지었다. 찢어지게 가난하던 그는, 마을의 부잣집에 노비 비슷한 처지로 얹혀 살았다. 대원군 시절에 뇌물을 주고 참봉 벼슬을 샀기 때문에 '개참봉'이라고 부르던 집이었다. 그러나 엄청난 지주여서, 인근에서는 남의 땅을 밟아본 적이 없다는 사람이었다. 조부는 그 집 문간방에 얹혀 살면서, 아침이면 마당과 고샅을 쓸고, 해가 뜨면 그 집 논밭에 엎드려 일을 했다. 조모는 그 집 길쌈을 해주고, 어쩌다 얻어온 찬밥 덩이로 자식들을 먹였다.

어느 날, 어린 딸이 주인 집 부엌에서 밥을 훔쳐 먹다가 들켰다.

중천에 떠 있는 해가 노랗게 보이도록 배가 고픈 늦은 봄날 오후였다. 그 집 마누라가 불같이 화를 냈던 것은, 그 어린것이 자기네 밥솥에 더러운 손을 집어넣었기 때문이었다. 머리끝까지 화가 치민 그녀는 아무거나 손에 잡히는 대로 휘둘렀다. 하필이면 그것이 아궁이 재를 치는 고무래였다. 그런데 그것이 정수리에 박히자마자, 어린 딸은 뱀에게 허벅다리를 물린 개구리처럼 사지를 발발 떨다가 숨을 거두고 말았다.

조부가 그것에 어떻게 대처했는지는 알려진 것이 없었다. 그러나 아무리 천한 목숨일지라도 사람이 죽은 것은 분명한 사실이어서, 개참봉네 집에서는 마을 뒤 산비탈에 매달린 작은 밭뙈기를 어린 딸의 목숨 값으로 내놓았다. '쑤끔재'라는 이름의 고개였는데, 그때만 해도 비 오는 날이면 도깨비가 나와 어슬렁거린다는 외진 곳이었다. 조부는 근처 산에서 베어온 솔가지를 얼기설기 엮어 그곳에 움막을 지었다. 세월이 흐른 뒤에, 조부가 저 세상으로 떠나버리자 움막도 함께 내려앉았다.

"그러다가 해방이 되고, 전쟁이 일어났어."

부친은 종종 그 이야기를 들려주고는 했다.

영하의 아버지는 그 움막 터에 다시 초가를 한 채 지었다. 그 집에서 사는 동안에 전쟁이 일어났다. 아군과 적군이 교대로 재를 넘어 다른 지방으로 이동해 갔다. 전세가 기울어지자, 쫓겨 가던 부 상병들이 그 집에서 하룻밤을 지냈다. 며칠 뒤에 출동한 경찰관들이 적의 아지트라고 하면서 그 집에 불을 질러버렸다. 부친은 서까래가 불똥을 튕기며 무너져 내리는 무서운 광경을 멀리서 지켜보고만 있을 수밖에 없었다.

휴전협정이 체결되고, 그가 태어났던 해였다.

부친은 그 자리에 다시 집을 한 채 지었다. 쑤끔재 깊은 골짜기에서 베어온 소나무로 기둥을 깎아 세운 제법 규모 있는 집이었다. 그때는 일제 강점기와 해방 공간을 거치는 동안에 산들이 대부분 벌거숭이가 되어 있었다. 황폐해진 산림을 보호하기 위한 여러 가지 시책이 발표되고 있던 때였다. 군청 산림계에 설치된 〈산감(山監)〉이라는 직책도 정부의 그런 시책 중 하나였다. 그런데 어느 날 산감이 마을에 와서 부친의 무단 벌채를 적발해 냈다. 부친은 사정을 늘어놓으며 하소연해 보았지만 될 일이 아니었다. 며칠 뒤에, 경찰서로부터 출석 요구서가 날아들었다.

"그래서 어쨌어요?"

어릴 적, 영하는 그것이 늘 궁금했다.

"다른 방도가 없었지."

부친은 그렇게만 말했다.

소설가 구보 씨의 초대

"어떻게 해결할 방도가 없었어."

부친은 산감에게 상당한 액수의 뒷돈을 건네고 나서야 구속을 면할 수 있었던 모양이었다. 가난한 살림에 식구들의 한 해 식량이 될 수도 있는 쌀이 뇌물로 사라져버린 것이었다. 어린 마음에도 그 것을 뇌물로 바쳐야 했던 부친의 심정이 얼마나 쓰라렸을 것인가 짐작하기란 어려운 일이 아니었다. 그러다가 부친이 죽고 가족들이 떠나버리자, 그 집은 폐가로 남게 되었다. 그런데 그것이 1가구 2주택이 되어 세금폭탄으로 돌아왔다. 이것이야말로 현실과 동떨어진 탁상행정이 아니냐고 그는 항의하려고 하였다.

"왜냐하면……."

하고, 그는 담당공무원에게 말했다.

요즈음 우리나라 농촌은 대부분 사람들이 떠나고 마을은 폐촌이 되어가고 있다. 오래잖아 마을 자체가 송두리째 사라져버리게 될지도 모른다는 위기감에 싸여 있다. 고향집을 보존하는 것은, 그러므로 매우 의미 있는 일이 아닐 수 없다. 농촌의 붕괴가 그것으로 다소나마 지연될 수도 있기 때문이다. 정부에서도 그것을 감안하여, 고향집 보존을 적극 장려하는 정책을 추진해야 한다. 그런데 나는 고향에 있는 허물어진 집 하나 때문에 1가구 2주택 소유자로 되어 있다. 도시의 고급 아파트와 농촌의 쓰러져가는 초가를 똑같은 주택으로 간주하고 있기 때문이다. 현실과 동떨어진 현실이란 이런 것을 두고 말하는 것이다. 이것이야말로 당신들이 말하는 적폐, 탁상행정이 아니고 무엇인가. 관료주의란 바로 이런 것이 아니냐고 그는 항변하려고 하였다.

"뭐요?"

담당공무원의 눈꼬리가 올라갔다.

"관료주의? 적폐?"

사정없는 반격이 이어졌다.

당신은 그렇게 말하지만, 공무원들이 정해진 법에 따라 일사불란하게 공무를 집행하고 있다는 사실은 삼척동자라도 모르는 사람이 없는 일이다. 당신이 불평하는 조세정책으로 말하자면, 그것은 공정성 객관성 일관성의 정신으로 집행되고 있는 거룩한 통치행위인 것이다. 이런 관점에서 보자면, 빌딩이건 쓰러져가는 초가건 그것이 한 채의 집으로 간주되는 것은 공정성에 부합하는 것이다. 그러므로 두 채의 집 가운데 어느 하나를 매각했을 때 발생하는 소득에 세금을 매기는 것은 객관성에 부합하는 것이다. 양도소득세는 법령이 공포된 날로부터 오늘에 이르기까지 한 치의 오차도 없이 빈틈없이 일관성 있게 잘 집행이 되고 있다. 이것이야말로 조세형평주의에 부합하는 것으로서…… 당당공무원은 이렇게 말한 뒤에, 그러므로 당신은 1가구 2주택 소유자로서 의문의 여지가 없이 양도소득세를 내야 하는 것이라고 못을 박는 것이었다.

"……."

영하는 깊은 낙담에 빠졌다. 무력감에 빠져 손가락 하나 까딱할 수가 없었다. 지푸라기라도 있으면 잡고 싶은 심정이었다. 그렇지만 정말로 무슨 다른 방법이 없는 것이냐고 그는 묻고 말았다. 실상은 그것이 자기의 진짜 속내였기 때문이었다.

"방법이 있다면, 포클레인을 몰고 가서 부숴버리거나, 그 집에 불을 질러버리는 방법밖에 없습니다."

담당공무원은 여전히 사나운 어조였다. 그렇다고 그는 포클레인을 몰고 가서 집을 부숴버릴 수 없었고, 성냥을 가지고 가서 불을 지를 수도 없는 일이었다.

"정 그러시다면……."

이 대목에서 당당공무원이 잠시 뜸을 들이더니,

"세무사를 한 번 만나보시죠."

그가 건네준 쪽지를 들고 찾아간 그곳은 세무서에서 한 블록 떨어진 거리에 있는 세무사 사무실이었다. 이마가 벗겨진 오십대 중반의 세무사는 이것저것 자료를 훑어보더니, 1가구 2주택이 될 수도 있고 안 될 수도 있다는 알쏭달쏭한 말을 했다.

"그렇지만 더 확인해 볼 것이 있으니 일주일 뒤에 오세요."

약속한 날에 찾아가자, 세무사는 담당공무원으로부터 1가구 2주택이 아니라는 유권해석을 받아냈다고 말했다. 세율은 10분의 1로 내려갔다. 안도의 가슴을 쓸어내렸지만 뒷맛이 씁쓸하기는 여전히 마찬가지였다. 수수료를 건네자, 세무사가 차를 한 잔 내놓으며 말했다.

"공자님이 산중마을을 지나가고 있었어요."

『논어』에 나오는 이야기라고 했다.

"길에서 울고 있는 여인을 보고 연유를 물었더니, 남편이 호랑이에게 물려갔다는 것이었어요. 공자님은 왜 이런 산중에 살면서 그런 일을 당한 것이냐고 꾸짖듯 여인에게 말했어요. 여인은 세금을 피해 산중으로 들어왔다고 대답하는 것이었어요. 공자님께서 탄식한 '가정(苛政)은 호랑이보다 무섭다'는 말의 유래죠."

세무사가 왜 그런 이야기를 했는지는 알 수가 없었다. 그렇지만 양도소득세 일이 그것으로 일단 마무리된 것만은 분명한 것으로 보였다.

"세무서로부터는 그 뒤에 일언반구도 없었으니깐."

양도세 일이 끝나자 그는 고향을 찾았다.

고향집은 빈집인 채로 추레하게 기울어지고 있었다. 툇마루에 앉아 건너편 산을 바라보자, 쑤끔재 위로 하늘은 미치도록 푸르렀다. 늦은 봄날, 학교에서 돌아올 때면 항상 배가 고파서 하늘이 빙빙 돌던 기억이 떠올랐다. 그때마다 깊은 골짜기에서 울던 뻐꾸기 울음소리도 귓전에 되살아났다. 뻐꾹, 뻐꾹, 뻐꾹, 시진한 그 울음소리는 송홧가루 날리는 푸른 산등성이를 타고 먼 하늘로 사라져 갔다.

잠을 자려는 아이처럼, 그는 툇마루에 드러누웠다.

여름방학이 되어 고향에 가면, 툇마루에 누워서 읽던 책들이 생각났다. 고등학생이 된 뒤에 처음으로 도서관에 가서 빌렸던 책이 헤르만 헤세의 『데미안』이었다. 그 무렵, 고등학생들 사이에 유행처럼 읽히던 책이었다. 그는 특히 '새는 알에서 나오려고 투쟁한다. 알은 곧 세계다. 태어나려는 자는 하나의 세계를 깨뜨려야 한다.'라는 구절이 기억에 남아 있었다. 그렇다면 나는 알을 깨고 나왔던가, 하고 그는 자문해 보는 것이었으나 알 수가 없는 일이었다. 사춘기의 청순한 감정들은 연애편지를 쓰는 데 소모해버렸고, 청년 시절의 열정은 승진 따위로 탕진되어버렸다.

그는 눈물이 핑 돌았다.

그렇지만 기운을 차리고 그는 고향에서 돌아왔다.

한결 마음이 가벼워진 그는, 그때부터 새로운 집 짓는 일에 몰두했다. 엉성한 집일지라도 까치가 그 둥우리에 자기 삶을 의지하듯이, 그도 새로 짓는 집에 자기의 마지막 생애를 의탁하려고 하였다. 그런데 시공업자는 사보타주를 일삼으며, 이것저것 계약에 없는 것들을 요구하면서 간단없이 그를 괴롭혔다. 석 달이면 끝날 것이라는 공사가 여섯 달로 늘어나고, 이것이면 된다는 자재가 또 다른 자재를 구해 와야 하는 악순환으로 이어졌다. 봄에 시작한 집이 가을이 되어서야 겨우 완성되었다. 교외생활자의 낭만은 한바탕 꿈이었던 것처럼 느껴질 지경이었다.

그날 아침, 그는 밖으로 나가던 길이었다.

시내에 볼일이 있어 급히 나가던 길이었는데, 승용차가 길에 널어둔 나락 위를 지나갔다. 바퀴에서 전해오는 진동으로 그것을 알았지만 길이 좁아서 다른 방도가 없었다. 그런데 뒤미처 그것을 발견한 이웃노파가 집으로 쫓아와 아내에게 온갖 악다구니를 늘어놓았다. 아내는 얼굴이 파랗게 질렸지만 어떻게든지 자신을 버텨보려고 애를 썼던 모양이었다. 그렇지만 이웃노파는 강파른 턱을 치켜들며 갈수록 더 험한 말들을 늘어놓았다. 아내는 화가 치민 나머지, 정 그렇다면 나락 값을 돈으로 계산해 주면 되는 것이 아니냐는 말을 해버리고 말았다.

소설가 구보 씨의 초대

"저놈 봐라!"

다음날부터 이웃노파는 영하가 마을 어귀에 나타나기만 하면 뒤를 쫓아오면서 바락바락 소리를 질러댔다.

"나락을 돈 몇 푼으로 물어주면 된다고 했던 놈이다! 무슨 일이든지 돈이면 다 된다고 했던 놈이다아!"

나중에야 그는 아내가 그런 말을 했다는 사실을 알았다.

"왜 그런 말을 했소?"

그는 자기가 아내를 비난하고 있음을 알았다. 아내의 두 눈에 슬픔이 서리고, 눈물이 고였다. 그렇잖아도 갑상선항진증으로 매사에 신경이 날카로운 아내였다.

"집에까지 쫓아와 욕하는 것을 참을 수가 없었어요."

그러나 그것으로 끝난 것이 아니었다. 그것은 새로운 갈등으로 이어졌다. 사사건건 물고 늘어지는 마을사람들의 적대감을 감당해 낼 수가 없었다. 결국은 마을을 떠나는 수밖에 없었다.

"인생에 대하여, 나는 한 번이라도 앙탈해 본 적이 없어."

하고, 그는 말했다.

"아니, 앙탈이 아니라 투정을 해본 적도 없어. 성경에 '네가 마지막 한 닢까지 갚기 전에는 거기에서 나오지 못할 것이다.'라는 구절이 있어. 거기란 감옥을 말하는 것이야. 아니, 인생을 말하는 것이지. 그런데 나는 마지막 한 닢을 갚을 길이 없어. 관용을 기대했던 것은 아니야. 그렇지만 나는 인생이 왜 그렇게 늘 나에게 가차 없는 것이었는지 지금도 영문을 알 수가 없어."

그날, 그는 이런저런 생각에 잠겨 비 오는 밖을 내다보고 있었다. 노후의 마지막 꿈을 펼쳐보려 했던 전원주택을 팔고, 예전에 살던 곳에 전셋집을 얻어 이사하려던 날이었다. 간밤에 짐을 싸놓고 아침이 되자 이삿짐 차가 오기를 기다리고 있던 중이었다. 휴대전화가 다급하게 울려서 받아보니, 그것은 큰아들의 변고를 알리는 기별이었다. 슈퍼마켓을 차렸으나 사업에 실패하여 지급 불능의 사채더미에 올라 있던 아들이었다. 늘 애잔하기만 하던 아들이었는데, 새벽녘에 문을 걸어 잠그고 들어가서, 그 애는 그 쓰디쓴 것을 혼자 마시고 있었던 모양이었다.

"초등학생 때 신발을 잃어버린 적이 있었어."

영하는 여기서 긴 이야기를 마무리했다.

어머니가 어찌어찌 돈을 마련하여 추석에 사준 신발이었다. 고무신에서 풍기는 말랑말랑한 생고무 냄새가 그렇게 향긋할 수가 없었다. 그런데 시간이 끝나 교실 밖으로 나오자 신발장에 넣어둔 신발이 없어져버렸다. 교실마다 찾아보고 변소까지 뒤져보았지만 찾을 길이 없었다. 황혼이 내리고, 포플러나무의 긴 그림자가 운동

소설가 구보 씨의 초대

장을 가로질러 건너편 개울로 건너가고 있었다. 눈물이 흐르는지, 두 뺨에 스치는 바람결이 칼로 베는 듯 써늘했다.

"해질녘, 운동장 가에서 느꼈던 것이 바로 그것이었어. 상실의 슬픔이었어. 큰애를 그렇게 보내고 나자 한바탕 꿈이라도 꾼 것 같았어. 며칠 동안은 머리가 텅 비어서 아무 생각도 떠오르지 않았어. 잠 못 이루는 밤에 한 번이라도 그 애 곁을 지켜주지 못했다는 사실이, 나는 지금도 가슴이 아파."

일어서면서, 그가 말했다.

"자네는 더 있어야겠군?"

구보 씨는 돌아서 나가는 그의 등을 보고 있으려니 쓸쓸한 생각이 들었다. 모두 그렇게 사라져간다. 임보도 황보도 영하도, 모두 그렇게 침식되고 마모되어 사라져가는 것이었다.

"다음에 또 보세."

그는 뒤로 손을 저으며 떠났다.

# 6장. 추운 나라에 온 신부

"마리솔, 페루 여자야."

그가 말했다.

"그런데 그녀의 비극은 한국을 섬이라고 생각했던 데서부터 시작되었어. 왜 그랬는지는 몰라. 안데스 산속에서 처음 만났을 때, 그녀는 열한 살짜리 어린애였어. 축제 때 하늘로 날려 보낼 콘도르를 잡으러 가는 페루 청년을 따라나섰다가 그 애를 만났어. 페르난데스는 안데스 산비탈에 매달린 자기 집으로 나를 데려갔어. 쓰러져가는 오두막에서 아내와 딸이 기다리고 있었는데, 그 애의 이름이 마리솔이었어. 가난에 찌든 꾀죄죄한 모습이었지만 귀여운 얼굴이었고 눈빛이 맑았지. 그런데 십 년 뒤에 그 애가 한국에 와서 처남댁이 되리라고는 상상도 못했어."

김지수(金芝洙), 문학 서클 〈예감〉의 마지막 멤버였다.

구보 씨는 식당에서 밖으로 나오다가 복도에서 갑자기 그와 마주쳤다. 처음에는 여느 친구들처럼 그도 문상객의 한 사람으로 온 줄 알았다. 그런데 그는 임보의 빈소 옆방에 새로운 분향소를 차리고 있었다.

"장모님이 돌아가셨어."

하고, 그는 말했다.

"아내가 무남독녀나 마찬가지라서, 내가 처갓집 상주 역할을 하고 있어."

문상객들이 대부분 돌아간 저녁 시간이었다. 두 사람은 식당으로 들어가 창가에 마주보고 앉았다. 첫여름 밤의 고즈넉한 적막이 흐르고 있었다. 밤이 이슥하게 기울도록 두 사람은 이런저런 이야기를 나누었다.

"임보의 별세 소식을 진즉 알았어."

그렇지만 처가에서 일어난 일들, 그 중에서도 장모가 갑자기 세상을 떠나게 되어 경황이 없었노라고 지수는 말했다. 구보 씨는 등나무 그늘 아래 바둑을 두고 있다가 머리가 어지럽다고 드러누운 뒤에 영영 다시 일어나지 못하고 만 임보의 죽음을 그에게 자세히

소설가 구보 씨의 초대

설명해 주었다.

"임보가 그렇게 허망하게 가버리다니……."

지수의 목소리가 탄식에 잠겼다.

문학 서클 〈예감〉에서 만나 함께 뒹굴며 지내던 시절에, 그는 특히 60년대 영국의 '앵그리 영맨'이나 미국의 히피문학에 깊이 빠져 있었다. 문학도들이 대부분 겉멋으로 얄팍한 에세이집이나 뒤적이고 있을 때, 그는 엘런 긴즈버그의 『울부짖음』이나 잭 케루악의 『길 위에서』를 원문으로 읽고 있었다. 그렇다고 그는 전통사회의 질서를 부정하고 기성세대의 기만과 허위에 찬 관습과 제도에서 벗어나려고 몸부림치던 히피 류의 몽상가는 아니었다. 오히려 그는 서구의 새로운 문예사조를 남보다 빨리 받아들여, 그것을 대학 강단에서 가르치고 싶어 하는 현실적 욕망을 지닌 평범한 문학도였을 따름이었다.

그렇지만 세상의 이치가 그렇듯이, 사람의 일이 개인의 욕망이나 노력만으로 이루어지는 것은 아니었다. 무보수에 가까운 조교 생활로 4, 5년간 공을 들였지만 어찌된 일인지 교수채용에서 번번이 실패했다. 그는 나중에야 그것이 지도교수의 방해 때문이었다는 사실을 알았다. 지도교수는 권력에 무섭게 집착한 프로페서였고, 명예욕이 강해서 무슨 위원회에나 안 끼는 데가 없는 사람이었다. 본능적으로 그것을 싫어했던 지수는 그의 눈에서 멀리 벗어날 수밖에 없었다. 결국은 전문대학에서 교양영어를 가르치는 어설픈 교수가 되고 말았다.

"그렇다고 나는 전문대학을 폄하하는 것이 아니야."

당시의 심정을 그는 이렇게 설명했다.

"불평등은 사방에 널려 있어. 그러나 그 까닭을 명쾌하게 설명해 준 사람은 없어. 형편없는 친구들이 하나씩 교수로 채용되는 것을 보면서도, 나는 따로 할 말이 없었어. 오히려 그런 현실이 나를 더욱 완고한 내면적 인간으로 만들었는지도 몰라."

올림픽으로 온 나라가 들썩이고 있던 때였다. 여름방학이 되자 그는 페루행 비행기에 올랐다. 쿠스코로 갔던 것은 잉카제국의 불가사의한 공중도시 마추피추에 가기 위해서였다.

"그렇다고 나는 한가한 관광객이었던 것은 아니야."

그는 이야기를 계속했다.

"그 무렵, 나는 결혼을 눈앞에 두고 있었어. 서른여섯이었으니까 조금 늦은 편이었지. 결혼이 늦어진 것은, 교수가 되려는 열망과 현실 사이의 괴리가 컸기 때문이었어. 그것을 이해하기 위해서는, 우리집안의 내력을 약간은 알아야 할 필요가 있어."

그는 비산비야(非山非野)의 농촌마을에서 자랐다.

대원군 시절, 그의 증조부는 서울로 과거를 보러 가다가 도중에 영문 모를 병에 걸렸다. 급성각기병이었다. 그런데 주막에서 퉁퉁 부은 다리를 붙안고 괴로워하고 있는 동안에 과거가 끝나버렸다. 증조부는 고향에 돌아온 뒤에 서당을 차리고 마을의 코흘리개 아이들을 모아 가르쳤다. 그렇지만 농촌빈민으로 분류될 수밖에 없는 이름 없는 서당 훈장의 삶은 고달프기 짝이 없는 것이었다. 조부는 증조부에게서 「천자문」이나 「소학」 등을 배웠지만 그것 또한 생활에 도움이 되지 못하였다. 식구들 입에 풀칠하기도 어려운 궁핍한 생활이 대대로 이어지고 있었을 따름이었다. 그것마저 하루아침에 송두리째 날아가버린 사건이 생겼다.

"나서는 것이 아니었어!"

조모가 죽을 때까지 탄식했던 그 사건이었다.

그날, 조부는 읍내 장에 갔다가 그 광경을 보았다. 독립만세 운동이 들불처럼 타오르고 있던 때였다. 조부는 만세를 부르던 여학생들이 일본경찰에게 짐승처럼 쫓기고 있는 장면을 목격했다. 경찰봉에 뒤통수를 맞은 여학생이 피를 흘리며 눈앞에 쓰러졌다. 여학생은 창백하게 핏기가 가시더니, 죽어가는 개구리처럼 사지를 경련했다. 실지로 죽어가고 있었는지도 몰랐다. 그런데 경찰들이 달려들어 그 여학생을 질질 끌고 갔다. 그렇지만 두 눈을 찌르던 선명한 핏자국의 인상은 눈시울에 이미 화인처럼 남은 뒤였다. 부들부들 떨면서 집으로 돌아온 뒤에, 조부는 그날부터 태극기를 그리기 시작했다. 장에서 숨겨온 「독립선언서」도 여러 장 베꼈다. 며칠을 뜬눈으로 밝힌 뒤에, 조부는 그것을 장으로 가지고 갔다. 그러나 조부의 남은 생애는 체포되고 고문을 당하고 재판을 받는 일련의 과정으로 끝나버리고 말았다. 식구들 입에 근근이 풀칠이나 하던 궁핍한 생활도 그것으로 끝장이 났다. 조부는 형기를 마치고 돌아왔지만 넋이 나가버린 사람이었다. 그나마 감옥에서 옮은 장티푸스가 도져, 그것으로 세상을 떠나고 말았다.

"그렇다고 나는 조부를 옹호하는 것이 아니야. 비난해 본 적도 없어. 왜냐하면, 나는 한 번이라도 조부의 얼굴을 본 적이 없었으니까!"

지수는 이야기를 계속했다.

"젊은 시절의 나는 이기적인 탐미주의자였어. 역사랄지 사회랄지 정의랄지 하는 거대담론과는 거리가 먼 사람이었어. 오히려 미에 대한 병적인 집착에 사로잡힌 퇴폐주의자였어. 그 중에서도 특히 내 마음을 오래 사로잡고 있었던 것은……."

문학소년 시절, 그는 미국의 히피문학을 공부하는 틈틈이 한국의 현대소설도 찾아 읽었다. 그 중에서도 특히 김동리(金東里)를 좋

소설가 구보 씨의 초대

아해서, 그는 「무녀도」, 「역마」, 「황토기」 등을 외우다시피 읽었다. 오랫동안 그의 머릿속에 남은 화사한 복사꽃의 이미지는 「역마」로부터 시작되었다. 그것은 우주적 시간대에 놓인 인간들의 운명을 그린 작품이었다.

"어느 날, 낯선 사내가 나타나 계연이라는 소녀를 어머니에게 맡기고 가는 장면으로부터 시작되는 소설이었어."

주인공 성기는 자기도 모르는 사이에 그 소녀에게 마음이 끌렸다. 그러던 어느 날, 나무에 오른 계연의 치맛자락을 들추다가 복사꽃 빛깔로 물든 그녀의 아름다운 섹스를 훔쳐보고 말았다. 매혹적인 빛깔이었다. 하지만 오래잖아 그는 계연이가 자기 여동생이라는 사실을 알고 말았다. 어머니가 전 남자와의 사이에서 낳은 딸이었다. 며칠을 죽도록 앓고 난 뒤에, 성기는 엿판을 메고 가위를 쩔그렁거리며 마을 앞산 고개를 넘어가는 것이었다.

"인화된 사진처럼 그것이 내 머릿속에 남았어."

해마다 봄이 되면, 지수는 복사꽃을 찾아 집을 나섰다. 원죄처럼 농염하고 아름다운 그것은 복사꽃 빛깔로 물든 화사한 섹스의 이미지였다. 어느 날 그는 산속에서 복사꽃 환한 마을을 보았다. 길가에 차를 세워두고, 그는 복사꽃이 눈처럼 피어 있는 언덕으로 올라갔다. 언덕 아래 아늑하게 자리 잡은 학교가 보였다. 그런데 아이들 대신 뒤뜰에 가득 널린 연둣빛 천들이 보였다. 그는 복사꽃 그늘 아래 누워 있었다. 부드러운 천 조각이 날아와 얼굴을 덮었다. 천에서 풍기는 치자 냄새를 그는 깊이 들이마셨다.

"여보세요!"

외치는 소리에 눈을 떴다.

"여기서 뭐 하시는 거예요?"

아내와의 첫 만남이었다. 그녀는 여자대학 섬유공예학과에서 전통염색을 가르치고 있던 교수였다. 그 중에서도 특히 연둣빛 전통 빛깔 재현에 깊이 빠져 있었다. 그것만이 인생의 전부인 것처럼 살고 있던 여자였다. 지수와 그렇게 처음 만났을 때도, 그녀는 폐교를 빌려 만든 공방에서 제자들과 함께 전통염색 작업에 몰두하고 있었다.

"그 천을 이리 주세요!"

그런데 화난 모습이 오히려 귀여웠다. 대부분의 남자와 여자의 일들이 그렇듯이, 두 사람은 그날부터 서로의 인생에 깊이 개입하기 시작했다. 꿈같은 시간들의 연속이었지만, 그러나 결혼은 미룰 수 없는 현실이었다. 2, 3년이 지나자 결혼문제가 눈앞에 시급한 현실로 제기되었다. 결혼이 결정되자, 아내는 시골집으로 그를 데려갔다.

소설가 구보 씨의 초대

"남해안 바닷가에 있는 작은 마을이었어."

그런데 마을 뒤편 산자락에 굉장한 고택이 있었다. 〈해월당(海月堂)〉이라는 현판이 붙어 있는 그 집이 바로 아내의 시골집이었다. 체구가 왜소한 중년부인이 대문 앞에 의자를 가져다놓고 앉아 있었다. 그녀는 지방문화재로 지정된 그 집을 구경하러 오는 사람들로부터 관람료를 받고 있었다. 바구니에 쌓아둔 지폐들이 그 순간 바람에 불려 이리저리 흩날렸다. 지폐를 줍느라 허둥대던 부인이 아내를 보고 소리를 질렀다.

"너는 보고만 있느냐, 이년아!"

아내의 어머니였다.

"그 순간, 나는 초등학생 때 보았던 마술사가 생각났어. 주머니에서 끝없이 지폐를 꺼내 우리 눈앞에 흩날려 보여주던 마술사였어. 지폐는 가짜였고, 기껏해야 한두 장이었을 테지. 그러나 어린 우리들의 눈에는 무수히 많은 지폐로 보였어. 그것을 줍고 있는 아내의 어머니가 바로 그런 모습이었어. 부적을 향해 뻗어가는 마녀의 손처럼……"

지수는 장모를 보기만 하면 그 장면이 떠올랐다.

아내의 조부는 을사늑약이 체결되던 해에 태어나 해방되던 해에 세상을 떠났다. 말하자면, 독립된 나라에서 살아본 적이 없는 사람이었다. 30대 초반에 벌써 면장이 되어 엄청난 부를 축적했다. 그는 인근의 대목(大木)들을 수십 명 불러다가 굉장한 한옥을 여러 채 지었다. 해월당은 궁궐을 본떠지었다는 말이 나돌았을 정도로 어마어마하게 규모가 큰 집이었다. 〈여순사건〉과 같은 격동의 시기에 소실을 면할 수 있었던 것은, 그 당시 빨치산 대장이 그 집에서 식객 노릇을 한 적이 있었기 때문이었다. 해월당은 그래서 소실을 면했고, 나중에는 지방문화재로 지정되어 관광객들을 불러들이고 있는 중이었다. 그러나 아내의 아버지는 오래전에 마약으로 폐인이 되어 세상을 떠났고, 장모는 달랑 한 채 남은 해월당 관람료로 생활을 꾸려가고 있었다.

"그렇지만 그것을 어쩔 수 없는 현실로 인정할지라도, 아내의 조부가 뼛속까지 친일파였다는 사실은 눈감을 수가 없었어."

자기 조부와는 너무나 대조적인 삶이었다. 그러나 지수는 가능한 대로 그것을 머릿속에서 지워버리려고 애를 썼다. 얼굴을 본 적도 없는 죽은 자들이 살아 있는 사람을 지배하고 있는 역사의 부조리를 그는 여전히 이해할 수가 없었다. 아니, 갈등에 시달리면서 오히려 그것에 강하게 저항하고 있었는지도 몰랐다. 그렇지만 노력을 하면 할수록 그것은 악마의 발톱처럼 머릿속에 더 깊이 파고들었다.

소설가 구보 씨의 초대

"견디기가 힘들었어. 그래서 페루로 갔던 것이야. 혹은 회피였는지도 몰라. 아니, 죽은 자들이 산 자를 지배하는 세계의 부조리에 대해서, 나는 여전히 그렇게 화가 나 있었는지도 몰라."

쿠스코에 간 것은, 마추피추에 가기 위해서였다.

알려진 바와 같이, 마추피추는 1911년 미국의 젊은 탐험가 하이럼 빙엄에 의해 발견되었다. 빙엄은 그러기 전에 아푸리마크강 유역을 조사하기 위해 이곳을 찾았을 때, 지방행정 책임자는 그에게 초케퀴라오로 가보라고 강력히 권고하였다. 그 행정책임자는 '이 성채야말로 잉카제국 최후의 비밀 수도였으며, 방대한 재보가 어딘가에 잠들어 있을 것'이라고 말했다. 그는 자기 행정구역 안에 묻혀 있는 보물의 중요성을 페루 중앙정부에 알리기를 갈망하고 있었다. 대원의 수가 많지 않은 빙엄 탐험대는 위험을 무릅쓰고 답사의 길에 올랐다. 깎아지른 절벽 옆으로 나 있는 좁은 길을 따라 아푸리마크 계곡으로 깊숙이 들어갔다. 화강암 절벽을 깎으며 흐르는 급류 위에 풀로 엮어 만든 출렁다리가 걸려 있었다. 다리를 건너가자 밀림이 파고 들어간 초케퀴라오의 유적이 눈앞에 펼쳐졌다. 낭떠러지 위에 우뚝 솟은 궁전과 장방형의 광장, 약탈자들에게 짓밟힌 신전이 늘어서 있었다. 페루 학계는 그곳을 잉카제국 최후의 피난처, 전설의 수도 발카밤바로 보고 있었다. 그러나 통설에 의문을 품은 빙엄은 그것을 받아들이지 않았다. 그의 관찰에 따르면, 스페인 식민시대에 기록된 빈약한 자료에 비춰보더라도 초케퀴라오의 지형은 발카밤바의 그것과 일치하지 않았다. 그는 일단 귀국했으나 깊은 오지를 좀 더 탐사하고 싶은 열망을 떨쳐버릴 수가 없었다. 잉카제국 최후의 성채가 그곳 어딘가에 있으리라고 굳게 믿고 있는 그의 주장에 동조하는 사람들로 구성된 조사단을 이끌고, 빙엄은 다시 페루를 향해 떠났다. 조사단은 쿠스코에서 잉카제국의 마지막 황제 망코가 스페인 정복자 프란치스코 피사로를 피해 탈출한 길을 더듬어 나가고 있었다. 그러던 어느 날, 빙엄 조사단이 강가에 천막을 치고 쉬고 있을 때였다, 부근 오두막에 살고 있는 아르테가라는 사내가 호기심을 느낀 나머지 찾아왔다. 조사단원들은 그에게 이것저것 질문을 던졌다. 그러다가 푼돈 몇 푼을 쥐어주자, 아르테가는 인디오들이 몇 세대에 걸쳐 지켜온 우르밤바의 거룩한 골짜기의 비밀을 슬슬 털어놓기 시작했다. 6백 미터의 높이에서 우루밤바를 내려다볼 수 있는 산허리의 폐허로 안내하겠다고 선뜻 나서기까지 했다. 이튿날 아침, 일행은 그를 앞세우고 출발했다. 강을 건너고 밀림을 빠져나가 가파른 산허리에 기어오르자 절묘한 건축물이 광활한 계단식 축대 위에 펼쳐져 있었다. 표

면은 모두 돌로 덮여 있었고, 너비는 수십 미터나 되었으며, 높이
는 3미터에 이르렀다. 빙엄은 전에도 그런 축대를 본 적이 있었기
때문에 그다지 흥분하지는 않았다. 하지만 그것은 안내인이 축대
를 지나 숲속을 앞서 갈 동안 만이었다. 인류역사상 일찍이 본 적
이 없는 고도의 기술로 쌓아올린 돌담이 눈앞에 불쑥 나타났다. 수
세기에 걸쳐 수목과 이끼가 무성히 자라, 얼른 가려내기는 어려웠
다. 그렇지만 나무 사이를 내리비치는 햇빛을 받으며 대나무 덤불
과 풀숲 그늘에 누워 있는 것, 정교하게 다듬어 짜 맞춘 화강암의
네모난 석재의 벽이 여기저기서 하얀 살갗을 드러내기 시작하자,
그것은 일찍이 이 세상에서 본 적이 없는 것들의 모습으로 다가왔
다. 돌담은 천연 곡선을 살려 반달을 그리고 있었으며, 놀랄 만큼
높은 수준의 기술로 빈틈없이 고정되어 있었다. 거기에 반원의 탑
이 다시 이어지고 있었는데, 결이 고운 흰 화강암을 정교하게 짜
맞춰 쌓아올린 돌담은 무섭도록 장엄하고 아름다웠다. 그것이야말
로 인류역사에서 유례를 찾아볼 수 없는 명장의 솜씨임이 분명했
다. 불가사의한 공중도시, 잉카제국의 잃어버린 도시 마추피추가
세상에 알려지는 순간이었다.

"대단한 발견이었지."

하고, 지수는 말했다.

"나는 그 마추피추를 보고 싶었던 것이야. 잉카의 슬픔이 서린 찬란한 돌들을 보고 싶었어. 그 돌담 앞에 서서, 나는 나를 돌아보고 싶었어. 그러나 마추피추가 가까워지자 의문이 머리를 쳐들기 시작했어. 예전에 할머니가 그랬던 것처럼, 나도 그렇게 탄식하고 있었어. 도대체 잉카의 돌들이 나에게 무슨 상관인가!"

그렇지만 그는 페루에 가고 말았다.

쿠스코에 머물면서, 그는 마추피추로 가는 차편을 기다리고 있었다. 차편은 부정기적이어서 원활하지 않았다. 그는 쿠스코 시내를 어슬렁거리면서 시간을 보냈다. 그러다가 변두리 마을에서 그 아이들을 만난 것이 화근이었다. 백인과 유색인종의 특징이 절묘하게 조화된 귀여운 얼굴들이었다. 아이들이 뻥뻥 차고 있던 공이 발 앞으로 굴러왔다.

"아저씨, 공 보내세요!"

공을 주우러 온 애가 말했다.

"아저씨, 한국에서 왔죠?"

지수가 놀라는 얼굴을 하자, 며칠 전 서울올림픽 뉴스를 보았다고 그 애가 말했다. TV에서 올림픽 개막식 장면을 보았다는 것이다. 한국의 이런저런 모습들도 꽤 자세하게 소개된 프로였던 모양이었다.

"아저씨, 우리랑 공 차요!"

아이들이 에워싸고 잡아끌었다. 그런데 방심했던 것이 잘못이었다. 아이들이 깔깔거리며 사라진 뒤에 살펴보니 지갑이 없었다. 여권과 비상금 약간을 따로 챙겨 두었던 것은 그나마 다행이었다. 그는 풀이 죽어서 쿠스코의 허름한 숙소로 돌아왔다.

"그날 밤에 만난 사람이 페르난데스였어."

아내에게 송금을 부탁해 놓고 기다리고 있던 중이었다. 그는 〈아우키하우스〉라는 이름의 막장 같은 숙소에 머무르고 있었다. 페르난데스라고 자기를 소개하는 청년이 곁으로 다가와 말을 걸었다.

"한국에서 오셨죠?"

쿠스코의 변두리에서 만난 아이들이 생각나서 경계의 눈초리를 풀지 않고 있는데, 한국에서 온 관광객을 가끔 만난 적이 있다고 페르난데스가 온순하게 말했다.

"한국에서 지금 올림픽이 열리고 있잖아요?"

지수를 안내해 주고 싶은 곳이 있다고 그가 말했다. 눈빛이 맑고 진지해서 거절할 수가 없었다. 두 사람은 숙소에서 나와, 쿠스코의 변두리에서도 더욱 외진 산길로 접어들었다. 깨진 술병, 버려진 콘돔, 잡동사니 쓰레기들이 나뒹굴고 있는 으슥한 곳이었다.

"아직 멀었어?"

지수가 묻자, 페르난데스가 뒤를 돌아보며 소리쳤다.

"잉카의 옛길이에요! 이 돌들을 보세요!"

흥분을 감추지 못한 목소리였다. 그는 쓰레기 더미로 가득한 돌담과 돌담 사이의 풀숲을 파헤쳤다. 정교하게 다듬은 돌들이 한 치의 오차도 없이 멀리 쭉 뻗어 있었다. 수백 년 동안 잡초에 묻혀 있었으면서도 그것들은 천상의 고귀한 품성을 잃지 않았다. 세계 역사상 유례를 찾아보기 어려웠던 위대한 명장들이 만든 불멸의 자취였다.

"이곳을 아는 사람은 없어요."

페르난데스는 잉카제국 석공의 후예였다.

"그렇지만 지금은 아무 쓸모가 없어요. 페루는 가난하고, 쿠스코는 더 가난한 도시니까요. 석공 기술을 써먹을 데가 없어요. 조상들이 생각나면 간혹 이곳에 들르곤 하죠."

그는 백색으로 빛나는 돌들을 쓰다듬으며 말했다. 그의 얼굴빛과는 대조적으로 밝게 빛나는 대리석들이었다. 조상의 돌들을 쓰다듬고 있는 그는 자랑스러우면서도 그것에 강한 콤플렉스를 느끼고 있는 듯했다. 몇 세기 전의 그의 조상들도 그랬을지 몰랐다. 잉카인들은 그래서 상상을 초월하는 단기간에 스페인 정복자들에게

소설가 구보 씨의 초대

무너지고 말았는지도 몰랐다. 두 사람은 그런저런 이야기를 나누면서 숙소로 돌아갔다.

"그런데 당신네 조상들은 그 엄청난 돌들을 어떻게 그렇게 높은 산꼭대기까지 옮길 수 있었을까?"

원래 그 자리에 있던 돌이었을 것이라고 페르난데스가 말했다.

"아니, 바위 성분이 달라. 어디선가 옮겨온 돌이었어. 그들은 정말 중력을 지배하는 사람들이었을까?"

지구는 공처럼 둥글게 생겼다. 그러나 떨어지지 않고 있는 것은 중력이 작용하고 있기 때문이다. 당신네 조상들은 틀림없이 중력을 이용하는 방법을 알고 있었을 것이다. 아니, 어쩌면 외계인들이었을지도 모른다. 그래서 수십 톤짜리 바위를 솜처럼 가볍게 산꼭대기로 옮길 수 있었는지도 모른다. 아직도 세계 여기저기 흩어져 있는 불가사의한 거석문화 유적들처럼. 그렇게 주장하는 학자들의 글을 읽은 적이 있다.

지수가 이렇게 말하자,

"그런 잠꼬대가 어딨어요?"

페르난데스는 비난하듯 말했다.

"그렇다면 우리가 지금 이렇게 가난하게 살고 있는 것이 외계인의 자손이기 때문인가요?"

다음 날, 그가 다시 찾아왔다.

그는 안데스 산자락에 있는 자기 집에 가보자고 말했다. 쿠스코에서 가까운 곳이지만 지형이 험준해서 하늘 끝에 매달린 동네 같았다. 페르난데스는 그 마을에서도 더 외따로 떨어져 있는 오두막으로 그를 데려갔다. 다큐멘터리 같은 데서 어쩌다 보았던 것처럼 방과 부엌이 하나로 연결된 집이었다. 아내는 그 집에서 열한 살짜리 딸과 함께 남편을 기다리고 있었다. 그녀는 감자와 옥수수로 만든 음식과 라마의 젖으로 짠 음료수를 내놓았다. 페르난데스는 덫을 챙기며, 콘도르를 잡으러 가자고 말했다.

"콘도르를 산 채로 잡아가면 큰돈을 받을 수 있어요. 케추아족들은 축제 때 콘도르를 하늘로 날려 보내요. 그들은 콘도르를 자기네 신으로 믿고 있기 때문이죠."

두 사람은 산비탈로 올라갔다. 페르난데스가 전에 설치해 놓은 위장막이 있었다. 그곳에서 오래 콘도르를 기다리고 있었지만 허사였다. 콘도르는 하늘을 빙빙 돌기만 할 뿐 덫 근처로 내려오지 않았다. 안데스의 추위가 벌써 뼛속에 파고들기 시작했다. 추위에 떨고 있는데, 페르난데스의 딸이 라마의 털로 짠 거친 담요를 가져왔다.

"그 애가 마리솔이었어."

안데스의 별빛이 찬란하던 밤이었다.

꿈속에서처럼, 그 애가 귓가에 대고 말했다.

"한국에서 왔죠? 한국은 섬이죠?"

"아니."

"섬이 맞아요."

그 애가 고집을 부렸다.

"한국에 가고 싶어요."

페르난데스가 옆에서 거들었다.

"마리솔은 한국에 가서 돈을 벌겠다는 거예요. 돈을 벌어서 나에게 지프를 한 대 사준다고 단단히 벼르고 있어요. 언제부터 그런 생각을 하기 시작했는지 모르겠어요. 그렇지만 아무리 타일러도 듣지를 않아요."

한국은 정말 부유한 나라, 황금으로 덮인 찬란한 섬이 분명하냐고 페르난데스가 물었다. 지수는 그들의 착각을 흔들어 깨워주려고 하였지만 되지 않았다. 거대한 잉카제국의 몰락도 그런 착각으로부터 시작되었다는 사실에 생각이 미쳤다. 그것은 불과 4세기 전의 일이었다. 그들은 잉카인들이 오래 기다리던 전설 속의 신들의 모습으로 왔다. 거대한 배, 말안장에 높이 앉아 번개처럼 나타났다. 스페인 정복자들은 턱수염을 기르고 있었으며, 오래된 예언에서처럼 얼굴이 고귀한 백색으로 빛났다. 그러나 그들의 대장 피사로는 문맹이었고, 부하들은 신도 인간도 두려워하지 않는 악당들이었다. 그렇지만 그들은 수세기에 걸쳐 번성하던 거대한 잉카제국을 180여 명의 소수로 일격에 침몰시키고 말았다.

"그것은 착각으로부터 시작된 것이었어."

지수는 페르난데스에게 그 사실을 설명해 주려고 애썼다.

"당신과 마리솔이 한국을 금빛 찬란한 섬으로 생각하고 있는 것도 그런 착각의 하나야. 당신들이 왜 그런 생각을 하고 있는지는 모르겠어. 그렇지만 그것이 치명적인 독이 될지도 몰라."

자기가 예언을 하고 있었는지도 모르는 일이었다고 지수는 말했다.

"왜냐하면, 십 년 뒤에 그것이 현실로 나타났으니까."

페르난데스는 콘도르를 잡아보려고 애를 썼지만 성공하지 못했다. 조상들로부터 전해진 뛰어난 석공 기술과 마찬가지로, 콘도르를 잡는 비장의 솜씨도 그에게는 아무 소용이 없었다. 그는 튼튼한 지프를 한 대 구입하여 마추피추로 가는 관광객을 실어 나르는 것이 마지막 소원이었다. 열한 살짜리 어린 딸이 한국에 가서 돈을 벌어 그 소원을 풀어준다고 장담하고 있다는 것이었다.

"그런데 그 애를 다시 만나고 말았어."

장애자 처남의 결혼식장에서였다. 신부로 나타난 외국인여자가 어쩐지 낯이 익었다. 그녀가 바로 마리솔이었다.

"나는 그녀를 금방 알아보았지만 내색할 수는 없었어. 그녀의 비극은 한국을 섬이라고 생각했던 데서부터 시작되었어. 안데스 산속에서 처음 듣던 순간부터 내 머릿속에 깊이 들어와 있던 말이었어. 그런데 그것이 그렇게 빨리 현실로 나타나리라고는 상상도 하지 못했어."

콘도르 사냥에서 실패하고 돌아온 다음 날, 페르난데스가 상기된 표정으로 찾아왔다. 쿠스코와 마추피추를 오가는 관광 지프를 몰던 친구가 갑자기 미국에 가게 되었다는 것이다. 그래서 자기가 며칠간 그 차를 몰기로 했다고, 다시 흥분한 목소리로 말하는 것이었다.

"마추피추에 가요!"

다음 날, 두 사람은 일찍 출발했다.

쿠스코를 벗어나자 곧바로 험한 길이 시작되었다. 차는 곤두박질치듯 내려가다가 비명을 지르며 숨 가쁘게 비탈길을 추어 올랐다. 도중에 강이 내려다보이는 언덕에서 시동이 꺼져버렸다. 페르난데스는 허둥대고 있었지만 고장 난 데를 찾지 못했다. 산비탈에 매달린 쓰러져가는 오두막에 살고 있는 사람들도 아무 도움이 되지 못하였다. 세차게 굽이치며 흐르는 강물을 내려다보며 심란하게 앉아 있는데, 오후가 되자 비가 내리기 시작했다. 밤이 되면서부터 엄청난 폭우로 변했다. 하늘에서 절망과 분노가 뒤섞여 한꺼번에 쏟아져 내리고 있는 듯한 비였다. 그들은 차 속에 웅크리고 앉아 밤을 지새웠다. 아침에 나와 보니 거짓말같이 비가 개어 있었다. 그러나 산골강은 밤새 불어난 흙탕물로 아우성치고 있었다. 깎아지른 협곡 사이로 쏟아져 내리는 세찬 강물은 상상할 수도 없을 만큼 거셌다. 영원히 건너지 못하고 말 것만 같은 단절감이 강 이쪽과 저쪽을 갈라놓고 있었다.

"나는 그 강가에 서 있었어."

지수는 이야기를 끝내려는 듯이 보였다.

"흐르는 강물에 두 번 몸을 적시지 못한다는 말이 있어. 언젠가 읽었던 그리스 철학자의 말이 떠올랐어. 그런데 나는 강물에 발을 담그고 있었어. 아니, 강물에 빠져 떠내려가고 있었어. 강물에서 헤엄쳐 나오려는 생각조차 못하고 있었어. 그런데 흙탕물로 아우성치는 강물을 바라보고 있자 비로소 그런 생각이 들었어. 언제까지 그럴 수는 없었어. 이제는 정말로 강물에서 벗어나야 한다는 생각이 들었어."

마추피추를 포기하고 귀국하게 된 사연이었다.

소설가 구보 씨의 초대

지수는 돌아와서, 천연염색 재현에 몰두하고 있던 아내와 결혼했다. 그리고 보통사람의 행복을 찾아가는 평범한 가정생활을 꾸려갔다. 처가와는 데면데면한 관계의 지속이었지만, 그것은 첫 대면 때의 장모의 인상이 머릿속에 깊이 남아 있어 어쩔 수 없는 일이었다. 그 중에서도 처남은 정신연령이 5, 6세 아이에도 미치지 못하는 장애자였다.

"그런데 그 처남이 결혼을 하게 되었어."

지수는 처남의 결혼식장에서 그 외국인 신부를 보고 있었다. 어쩐지 낯익은 느낌이 드는 그 여자가 바로 페르난데스의 딸 마리솔이었다. 장모는 그녀를 며느리로 데려오는 조건으로 상당한 액수의 돈을 썼는지도 몰랐다. 마리솔이 그 돈으로 페르난데스에게 튼튼한 지프를 한 대 사주었는지 어쨌는지는 알 수가 없었다. 그런데 처남은 외부로 향하는 문이 오직 그녀의 섹스를 통해서만 열려 있었다. 그는 어디서든지 아내의 치맛자락을 잡고 매달렸다. 마리솔은 그것이 송충이처럼 싫고 지긋지긋했다. 어느 날, 처남이 또 그녀의 치마폭을 잡고 늘어졌다. 화가 치민 그녀가 처남을 발로 차 넘어뜨렸다. 일어서는 그의 뺨을 후려치고 또 후려쳤다. 공교롭게도 그 장면을 장모가 보고 말았다.

"저년이 내 아들을 때려?"

장모는 길길이 뛰면서 마리솔의 머리채를 낚아챘다. 왜소한 체구 어디에서 그런 힘이 솟구쳤는지 모를 일이었다. 머슴을 시켜, 그녀는 마리솔을 광에 가두었다. 장모는 그녀의 몸을 벗기고 때렸다. 마리솔의 몸에서 무엇인가 떨어져 바닥에 굴렀다. 전대로 묶어 숨겨둔 돈과 젊은 남자의 사진이었다. 페르난데스의 사진이었다. 백인과 원주민의 피가 적당히 섞인 그는 서양영화에 나오는 배우처럼 잘 생긴 남자였다. 장모는 그를 페루에 두고 온 마리솔의 남자라고 단정했다.

"저년이 바람을 피우고 있었어!"

장모는 길길이 뛰었다. 그것은 비참을 부르는 또 하나의 착각이었다. 장모는 그 남자가 누구냐고 악을 썼다. 마리솔은 겁에 질려 웅크리고 있었다. 그러나 치밀어 오르는 분노를 참지 못하고 말았다. 마침내 그 육중한 몸으로 왜소한 시어머니를 넘어뜨렸다. 넘어뜨리고 짓밟고 뭉갰다. 그리고 시어머니의 목을 조르고 조르고 또 졸랐다.

"장모님은 숨이 막혀 버둥거렸어. 그러나 그것으로 돌아가신 것은 아니었어. 장모님은 며칠 뒤에 병원에서 임종하셨어. 그렇지만 마리솔은 이미 체포된 뒤였어."

지수의 이야기가 끝나가고 있었다.

소설가 구보 씨의 초대

"그런데 이것은…… 자네한테만 하는 얘기지만……."

하고, 그는 말했다.

"안데스에서 처음 만났을 때부터 그랬던 것 같아. 우수에 젖은 눈빛이 잊히지 않아. 안데스 너머 보이지 않는 먼 땅을 응시하고 있는 눈이었어. 마리솔에게 나는 마음을 빼앗기고 있었는지도 몰라. 모르긴 해도…… 아마…… 오래 갈 것 같아."

밤이 이슥하게 깊었다. 지수의 이야기도 끝났다. 처갓집 일로 임보의 영결식에는 참석하지 못할 것 같다고 그는 말했다. 두 사람은 장례식장 입구에서 헤어졌다.

# 7장. 섬으로 가는 길

"선생님, 저예요."

안데르센베이커리 여주인이었다.

"건너편 카페로 오세요."

카페에 낯익은 얼굴들이 모여 있었다.

　문학단체 모임 같은 데서 간혹 만났거나 작품으로 조금씩 안면이 있는 사람들이었다. 구보 씨가 도착한 뒤에도 7, 8명쯤 더 왔다. 〈여울〉이라는 이름의 문학단체는 이 도시 여류작가들로 구성된 수필문학 동인회였다. 안데르센베이커리 여주인이 회장인 그 모임에서는 몇 년째 아담한 사화집(詞華集)을 엮어내고 있었다. 테이블에 둘러앉아 활발하게 담소하고 있는 여자들 속에 그녀의 달덩이 같은 얼굴이 보였다. 구보 씨를 향해 흔드는 손은 여전히 상아처럼 차고 희고 가늘었다. 그 사이에 동화작가가 마지막 손님으로 들어왔다. 연락을 드린 분들이 모두 오신 것 같다고, 안데르센베이커리 여주인이 말했다. 스무 명쯤 되었다.

"초대에 응해 주셔서 감사합니다."

그녀가 말했다.

"남해안에 있는 작은 섬입니다. 임보 선생님이 태어난 곳입니다. 어린 시절, 우리는 아래윗집에서 함께 자랐습니다. 마을에 선생님의 생가가 그대로 남아 있습니다. 선생님의 작품 속에 등장하는 그 집입니다. 우리는 그 자취를 따라가 보려는 것입니다."

그녀의 설명이 한참 더 이어졌다.

"선생님의 영결식이 곧 다가옵니다. 영결식이 끝나면 우리는 헤어지고, 기억조차 사라져버릴 것입니다. 불현듯 선생님의 생가를 방문해 보고 싶다는 생각이 들었습니다. 초대에 응해 주신 여러분들께 거듭 감사의 말씀을 드립니다. 여러분을 모시고 갈 버스가 곧 도착합니다. 섬에 도착하면 어둡기 전에 생가 방문을 마치려고 합니다. 오늘밤은 섬에서 유숙하게 됩니다. 불편하지 않으시도록, 숙소는 미리 잘 준비해 놓았습니다."

50여 년의 세월이 흘렀다.

소설가 구보 씨의 초대

고교시절에 문학 서클 〈예감〉에서 만나, 구보 씨는 그 세월을 이 도시에서 임보와 함께 살아왔다. 그런데 여태까지 그 섬에 한 번도 가본 적이 없었다는 사실에 생각이 미쳤다. 어느 해 여름방학 때는, 둘이서 배낭을 메고 그곳에 가려던 계획이 태풍으로 무산되어버린 적도 있었다. 사흘 밤낮을 쉬지 않고 비바람이 몰아쳤다. 꼼짝없이 비에 갇혀, 두 사람은 배낭에 등을 기대고 비스듬히 누워서 벽에 걸린 사진을 바라보고 있었다. 청정한 소나무 숲이 텅 빈 백사장으로 이어지는 적막한 섬 풍경을 찍은 사진이었다. 백사장 끝에 사람인지 갈매기인지 잘못 인화된 얼룩인지 모를 점이 하나 찍혀 있었다. 때때로 그것이 궁금했었는데, 구보 씨는 이제야 생각이 났다. 그것은 생각에 잠겨 돌아오고 있는 어린 시절 임보의 모습이었다. 혹은 착오였을 것이다. 구보 씨는 그러나 이제야 비로소 그 소년을 만나러 가고 있는 듯한 느낌이 드는 것이었다. 그렇지만 확인해 볼 방도도 없이, 이제는 그 모든 것들이 바람과 함께 사라져버렸음을 느꼈다.

"섬까지는 두 시간쯤 걸립니다."

안데르센베이커리 여주인의 설명이 더 이어졌다.

"도중에 배를 갈아타게 되므로 포구에서 한 번 쉬어가게 됩니다. 우리가 도착하는 시간과 배시간 사이에 간격이 있을 수 있습니다.

그때까지 모두 편안한 여행이 되시기 바랍니다."

잠시 후, 밖에 버스가 도착했다는 전갈이 왔다. 사람들이 카페에서 나와, 친한 사람들끼리 삼삼오오 어울려 차에 올랐다. 버스가 부르릉 시동을 걸고 있는데, 누군가 밖에서 문을 두드렸다.

"선생님, 여기 계셨군요."

청년 한 사람이 헐레벌떡 들어왔다. 모 일간지 문학담당 기자였다. 구보 씨는 그 신문사의 〈창간30주년기념문학상〉 심사위원으로 위촉되어 있었다. 그런데 임보의 갑작스런 죽음과 그 뒤에 일어난 일들, 시민장 행사 준비 등으로 그 사실을 깜빡 잊어버리고 있었다. 며칠째 연락이 닿지 않아 애를 먹었다고 기자가 말했다.

"원고를 통째 가져왔습니다. 예심을 통과한 작품들입니다. 읽으신 뒤에, 심사소감을 내일까지 보내주시기 바랍니다. 당선작을 창간기념 특집호에 발표해야 하니까요."

원고가 든 봉투를 전하고 그는 차에서 내렸다.

버스는 시(市)와 군(郡)의 경계가 되는 터널을 벗어났다.

구보 씨는 차창 밖에 융단을 깐 듯이 전개되는 들판을 바라보았다. 직각과 회색의 구도로 이루어진 도시에서는 볼 수 없는 풍경이었다. 하지만 그것은 곧 단조로운 초록세상으로 변했다.

이상(李箱)이 「권태」에서 빈정거리던 조물주의 몰취미였다. 그 수필에서의 화자는, 결핵으로 더러워진 폐를 씻어내기 위해 한여름 외딴 들판마을에 머무르고 있었다. 그런데 눈앞에 전개되는 들판은 시선이 가는 데까지 권태로운 초록일색일 따름이었다. 이상은 그것을 '초록밖에 모르는 색맹이었을지도 모르는 조물주'로 빈정거리는 것이었다.

구보 씨에게도 비슷한 경험이 있었으니, 그것은 제대한 뒤에 시골집에 내려가 한철 소설을 쓰고 있던 때의 일이었다.

문예지 현상모집이나 신춘문예 최종심에서 번번이 낙선하던 시절의 이야기였다. 원고를 쓰다가 지쳐 밖으로 나오면, 눈앞에 전개되는 들판은 「권태」에서처럼 무시무시하게 단조로운 초록일색이었다. 허기와 갈증에 시달리던 그 시절에 그것은 그에게 절망의 또 다른 얼굴이었을 따름이었다. 그런데 임보는 그때 벌써 신춘문예에 당선하여 평론가와 독자들로부터 열렬한 호응과 갈채를 받고 있었다. 구보 씨가 문예지 추천으로 헐레벌떡 작가가 되었을 때는, 그는 계엄사령부에 연행되었다가 그 후유증으로 작품 쓰기를 중단해버린 뒤였다. 이제는 고인이 되어버린 지금, 구보 씨는 그 간극을 설명할 길이 없는 것이다.

그는 원고를 꺼내 읽기 시작했다.

「문장살인사건」

편백나무 숲에 햇빛이 든다. 사람들이 하나씩 들어와 나무 아래 자리를 잡는다. 실루엣처럼 희미한 그림자들이 움직인다. 그들은 나무에 기대고 앉아 조용히 주위를 둘러본다. 더러는 자리에 누워 가슴에 손을 얹는다. 이윽고 꺼지는 듯한 눈을 감으며 미동도 하지 않는다. 나뭇가지 사이로 스며드는 햇빛이 그들의 얼굴에 창백한 무늬를 그린다.

"환자들은 일반적으로 세 단계 감정의 파장을 겪게 됩니다."

의사의 말이 떠오른다.

"암이라는 판정을 받는 순간 누구나 충격을 받게 됩니다. 최초의 충격이 가시면, 다음 단계인 분노의 감정에 휩싸이게 됩니다. 하필이면 나에게 왜 암인가 하는 억울함과 분노의 감정인 것이죠. 그러고는 지쳐서 체념하게 되고, 마침내는 자기의 불운을 수용하게 되는 것입니다."

그렇지만 그런 감정들이 기계적으로 반복되고 있었던 것은 아니었다. 처음에는 분명히 충격이었지만 의사의 말대로 그것이 분노의 감정으로 발전했던 것은 아니었다. 때로는 체념으로 주저앉기도 하고, 혹은 분노의 얼굴로 나타났다가 맥없이 스러져버리기도

소설가 구보 씨의 초대

하는 것이었다.

"우리 몸에는 엄청난 수의 세포가 존재합니다."

계속 지껄이던 의사의 말이 떠오른다.

"그런데 어떤 이유에서인지 그 중에 극소수의 세포가 암으로 발전하는 것입니다. 정상세포들은 태어나서 자라고 소멸하는 과정을 밟습니다. 그런데 암세포들은 죽지 않고 끝없이 증식하고 결집하여 악성종양을 만들어 갑니다. 죽지도 않고 육체만 소모시키는 이 악질 세포를 제거하기란 불가능에 가까운 일입니다. 그래서 암을 가리켜, 밤중에 도시에 진격한 점령군이라고 말하는 사람도 있습니다."

의사는 계속 지껄였다.

"어떠세요?"

회진의사가 몇 번째 묻던 말이었다. 방귀가 나왔느냐는 물음에 눈물이 날 만큼 우스웠던 기억도 떠올랐다. 방귀라는 하찮은 생리현상이 그렇게 중요한 것인지 한 번도 생각해 본 적이 없었다.

"하필이면 왜 당신이죠?"

귓가에 아내의 음성이 되살아났다. 왜 당신이 암 환자여야 하는 것이냐는 항변이었다. 아무도 설명해 주지 않는다고 그는 말했었다.

"의사의 말로는, 처음엔 충격이다가 다음엔 분노라고 했어."

"그러면 당신은 지금 그 두 번째 감정을 겪고 있는 거예요?"

그는 픽 웃음이 나왔다.

"이게 웃을 일이에요?"

아내가 더욱 화를 냈다. 아내의 화난 얼굴 위에 남자의 창백한 얼굴이 겹쳤다. 그 남자를 처음 만났던 날이 떠올랐다.

"저…… 선생님."

남자가 망설이면서 곁으로 왔다.

"볼펜을 빌릴 수 없을까 하구요."

볼펜을 건네자 남자는 그것을 들고 자기 자리로 갔다.

"얼마 전에, 대장암 수술을 받았어요."

다음날, 다시 찾아온 남자가 말했다. 말기여서 이제는 누구도 결과를 예측할 수 없는 것이라고 의사가 말했다는 것이다. 병실에 누워서 생각하자, 남자는 자기의 내면에서 세계가 이미 일변해버렸음을 깨닫지 않을 수 없었다고 말했다. 그때부터 자기는 소설을 써야겠다는 생각이 들었다는 것이다.

"왜 그랬는지는 모르겠어요."

하고, 그는 말했다.

"우선, 친구의 이야기를 쓰고 싶었어요. 서른아홉에 간암 말기 판정을 받은 친구였죠. 그 길로 집에서 나와, 그는 강원도 산속으로 혼자 들어갔답니다. 반년쯤 지난 뒤 거기서 죽었는데, 열흘 후에 발견되었지요. 저는 혼자서 외롭게 죽어가던 그 친구의 마지막 날을 쓰고 싶었어요."

그러면서 노트를 펼쳐, 첫 구절을 보여주었다.

〈봄비는 고즈넉하게 내리고, 그렇게 봄비가 고즈넉하게 내리는 날, 그는 억새 집 툇마루에 혼자 앉아, 적막에 잠긴 건너편 산에서 우짖고 있는, 비에 젖은 산꿩의 울음소리를 듣고 있었다.〉

한참동안, 이 구절을 읽은 뒤에 그가 말했다.

"우선, 문장이 너무 길군요."

다음날, 남자는 고친 문장을 들고 찾아왔다.

〈고즈넉하게 봄비가 내리는 날, 그는 따뜻하게 군불을 지핀 억새 집 아랫목에 누워, 건너편 산에서 울고 있는, 비에 젖은 산꿩의 울음소리를 듣고 있었다.〉

한참동안, 이 구절을 읽은 뒤에 그가 말했다.

"문장에 수식이 많다는 건, 여자가 필요 이상으로 화장을 한 것이나 마찬가지죠."

다음날, 남자는 이렇게 고친 문장을 들고 왔다.

〈고즈넉이 봄비가 내리는 날, 그는 억새 집 **따뜻한** 아랫목에 누워, 건너편 산에서 울고 있는, 비에 젖은 산꿩의 울음소리를 듣고

있었다.〉

한참동안, 이 구절을 읽은 뒤에 그가 말했다.

"이제 군더더기가 많이 가셨군요. 그렇지만 한 번 더 손질해 보는 것이 어떨까요?"

다음날, 남자는 이렇게 고친 문장을 들고 왔다.

〈봄비가 고즈넉이 내리는 날, 그는 억새 집 툇마루에 걸터앉아, 건너편 산에서 울고 있는, 비에 젖은 산꿩의 울음소리를 듣고 있었다.〉

한참동안 읽은 뒤에, 그가 좋다고 말하자 남자는 얼굴에 희미하게 만족한 빛을 떠올렸다. 그 사이에 여름이 기울고, 편백나무 숲에 가을빛이 물들기 시작했다. 한 달쯤 보이지 않던 남자가 나타나 그림자처럼 곁으로 왔다.

"그동안에 여러 가지 생각을 했어요."

남자가 말하며 노트를 보여주었다.

〈봄비가 고즈넉이 내리는 날, 그는 억눌리는 기분 속에 눈을 떴다. 가슴에 손을 얹고 한참동안 누워 있었다. 그러나 마음은 진정되지 않았다. 그는 벌레처럼 부스럭거리며 일어나 부엌으로 갔다. 아궁이에 불을 지피고 조용히 앉아 있었다. 불길을 바라보고 있으려니 꿈결인 양 아득했다. 그러자 건너편 산에서 비에 젖은 산꿩

　　　　　　　　　　　　소설가 구보 씨의 초대

의 울음소리가 들려왔다. 성대를 틀어막고 있는 젖은 솜뭉치가 터져나가는 것 같았다. 그것이 속에서 강렬한 감정으로 회오리쳐 올라왔다. 가슴을 붙안고 괴로워하면서, 그는 옆으로 쓰러졌다. 그의 죽음은 열흘 후에 알려졌다.〉

남자의 눈에 희미하게 눈물이 비쳤다.

무슨 일이 있어났는지는 알 수가 없었다. 그렇지만 갑자기 벌떡 일어나, 그는 남자의 목을 조르기 시작했다. 어떤 강렬한 감정들이 그의 속에서 솟구쳐 올라 회오리치면서 등줄기를 타고 내렸다. 발버둥 치며 저항하리라 생각했던 남자는 그러나 금방 축 늘어졌다. 이번에는 더 낯설고 기괴한 공포감이 머리로 솟구쳐 올랐다. 남자의 목을 조르던 손을 풀고, 그는 편백나무 숲을 벗어나 마구 달려가기 시작했다. 〈중략〉


말기 암환자의 심리를 그린 소설인 듯했다.

구보 씨는 원고를 덮고, 의자 등받이에 머리를 기댔다.

최종심에 오른 작품인데도 잘 읽히지 않는 까닭을 생각하고 있었다. 문학소년 시절에 접했던 누보로망(nouveau roman) 계열의 작품들이 떠올랐다. 전통적인 소설의 기법과 관습을 파기하고 새로운 스타일을 창조하고자 했던 일군의 작가들 중에서, 그는 특히 알

랭 로브그리에의 소설을 읽고 충격을 받은 적이 있었다. 로브그리에는 작품 속에서 사건을 바라보는 화자의 시점을 한 인물에 고정시킴으로써, 그 인물 앞에서 실제로 일어나는 것처럼 보이는 장면과 상상의 장면을 서로 뒤섞어 혼란시키는 소설을 몇 편 발표하였다. 그것은 사물을 개념화해서 바라보지 않으려는 새로운 방법, 인간과 세계의 새로운 관계를 표현할 수 있는 새로운 소설형식의 출현이라는 평판을 얻었다.

그렇지만 로브그리에는 소설에서 특히 중시되는 총체적 담론의 형태인 '이야기'를 파괴하고 해체함으로써, 그것은 다만 실험적인 앙띠 로망(anti roman)에 불과한 것일 수밖에 없다는 한계를 드러내고 말았다. 그것은 한 시대를 풍미하다가 사라져버린 것들의 덧없는 바람이었을 따름이었다. 소설이 본질적으로 '이야기'일 따름이라는 사실은 변할 수가 없는 일이었다. 구보 씨는 이에 대하여, 고인이 어느 후배작가의 작품집에 써주었던 발문(跋文)의 어떤 구절들이 떠올랐다.

이야기는 '하는 사람'과 '듣는 사람'과의 관계로 성립된다. 성경에서 보자면, 구약에서부터 요한계시록에 이르기까지, 신은 끝없이 이야기하고 인간들은 투덜거린다. 소설에서는 이처럼 이야기하는 사람을 작가라 하고, 이야기를 듣는 사람을 가리켜 독자라고 부른다. 그러므로 작가는 이미 자기 혼자서 진실이나 비밀의 열쇠를 비장하고 있는 존재가 아니다. 스토리가 전개되어 가는 동안에 적당한 곳마다 에피소드를 분배하고 배치한다든지, 여러 개의 장면이나 대화 혹은 모티브들을 반복 교차 대립시킨다든지 하는 따위들만이 작품을 구성하는 요소들의 전부는 아닌 것이다. 어느 작품이건 그것이 서사적인 형식을 띤 것이면, 이야기꾼과 청중 사이에는 분명히 어떤 관계가 설정되는 것이다. 이것에 대하여, 퀘벡 출신의 작가 자크 페롱에 관해서 쓴 어떤 저서에서, 장 미르셀은 이슬람문명권의 어떤 나라들, 특히 수단(Sudan) 같은 곳에서는 무엇보다 먼저 이야기꾼과 그의 청중 사이에 어떤 대화가 성립되고 있는 사실을 다음과 같이 상기시킨다.

"여러분에게 이야기를 하나 들려주지."

하고 말을 꺼내면, 주위사람들은 어김없이 이렇게 대답한다.

"나눔!(암, 그렇고말고!)"

"전부가 다 진짜는 아니지."

"나눔!"

"그렇다고 다 거짓말도 아니지."

"나눔!"

그러면 이야기꾼은 마음 내키는 대로 이야기를 할 수 있게 되고 청중은 입을 다문다. 초장부터, 그러니까 그곳에 모인 사람들 사이에 명백한 합의가 이루어진 셈이다. 이야기꾼과 청중은 이제부터 다 함께 허구적 이야기의 거짓 뒤에 숨어 있는 어떤 진실을 찾아 나서기로 한다는 합의 말이다.

구보 씨는 눈을 감았다.

죽음이 그렇게 갑자기 갈라놓으리라고는 상상도 하지 못했다. 그런데 머뭇거리며 망설이고 있는 사이에 50여 년의 세월이 흘러가버렸다. 구보 씨는 이제야 그 묵은 기억을 더듬어 친구의 집 쪽으로 가고 있는 심정이 쓰라리고 허전한 것이다. 그는 손가락으로 피곤한 눈두덩을 누르고, 의자 등받이에 다시 머리를 기댔다.

"여러분, 석화포에 도착했습니다."

안내방송이 들렸다.

여객선으로 갈아타야 하는 작은 포구였다.

버스에서 내리자 바다로부터 소금기와 오존 냄새를 실은 미지근한 바람이 불어왔다. 썰물 때인지 바다는 저만큼 멀리 물러가 있었다. 더러운 갯벌에서 재빠르게 움직이고 있는 게들이 보였다. 발걸음 소리에 놀란 게들이 그야말로 게딱지같은 굴로 순식간에 사라져버렸다. 갯벌에 조금 남아 있는 웅덩이에서 햇빛이 유리파편처럼 부서지고 있었다.

소설가 구보 씨의 초대

"여객선이 연착되고 있습니다.

안내방송이 다시 들렸다.

"식당에 들어가 잠시 쉬겠습니다."

포구에 하나밖에 없는 식당이었다. 문 앞에 쭈그리고 있던 개가 일어나 멀뚱히 쳐다보더니, 무슨 생각이 들었는지 그때서야 컹컹컹 짖기 시작했다. 식당에는 테이블마다 안주와 소주가 놓여 있었다. 낙지들은 미끄러운 접시 위에서 토막 난 발들을 괴롭게 꿈틀거리고 있었다. 어둠속으로 기어가려고 발버둥치는 악몽처럼.

"선생님, 여기 계시는군요."

동화작가가 옆 빈자리에 와서 앉았다.

구보 씨는 그를 보자마자 궁금한 생각이 하나 떠올랐다. 그것은 열 권이나 되는 베스트셀러 대하소설을 일일이 손으로 베껴 필사본으로 만든 어느 문필가지망생에 관한 이야기였다. 동화작가는 그의 목을 조르려다가 살인미수 혐의로 체포된 적이 있었다고 말했다. 그것이 사실이냐고 묻자, 동화작가가 입가에 희미한 웃음을 떠올렸다.

"그렇지만 굳이 말한다면……."

하고, 그는 말했다.

"그것은 우리 속에 존재하는 어떤 아이러니 같은 것이 아닐까요?"

구보 씨는 그가 농담을 하고 있음을 알았다.

"자네의 의도가 그런 것이었다면, 그러나 그것은 아이러니가 아니라 무의미가 아닐까?"

방금 생각이 났다고 동화작가가 다시 말했다.

"우리 동네에 설립된 지 50년쯤 되는 교회가 있어요. 교인도 3천 명이나 되는 큰 교회죠. 그런데 교인들이 전하는 말에 의하면, 목사가 여태까지 그렇게 무섭게 화를 내는 것을 본 적이 없었다는 것입니다. 왜냐하면, 〈솔로몬구락부〉라는 이름의 애견단체에서, 교회에 기상천외의 청원을 넣었기 때문이었다는 것입니다."

"청원?"

구보 씨가 반문하자, 그것은 회원들이 기르는 개를 예배시간에 동석하게 해달라는 청원이었다고 동화작가가 말했다.

"애완견을 예배시간에?"

구보 씨가 놀라서 되물었다.

"예."

그러자 목사가 미친 듯이 소리를 질렀다고 하면서, 동화작가는 목사의 그 비명소리를 그대로 전해 주었다.

"예배시간에 개를? 개와 함께 기도를?"

그렇지만 솔로몬구락부 회원들은 도무지 물러서려고 하지를 않

소설가 구보 씨의 초대

았다고 그는 말했다.

"그네들의 주장에 의하면, 태초에 인간을 창조하신 것처럼, 신은 똑같은 사랑과 섭리로 개를 창조하셨다는 것입니다."

그들의 주장에 의하자면, 하고 그는 다시 말했다.

개는 1만 년 전부터 가족의 일원으로 인간들의 집에 들어와 살기 시작했다. 성경에서 보자면, 예수님께 죽어가는 딸을 살려달라고 애원하던 사마리아 여인이 있었다. 예수님께서는 이스라엘 자손의 빵을 개에게 던져줄 수 없다고 거절하셨다. 사마리아 여인은 그러나 개도 주인의 상에서 떨어지는 부스러기를 받아먹는다고 대답하였다. 예수님께서는 이스라엘을 통틀어 이만한 믿음을 보지 못하였다고 하시면서 사마리아 여인의 청을 들어주셨다. 이 에피소드에서 보는 것처럼, 개는 예수님과 사마리아 여인을 이어주는 신앙의 중개자 역할을 하고 있다. 사람에게 인권이 있다면, 개에게도 그만한 권리와 존엄이 있다. 어둠과 죄악으로 가득 찬 이 사악한 세상에서, 그러므로 개들은 이 사실 하나만으로도 충분히 존중되고 보호되어야 하는 것이다. 기독교가 생명의 가치와 존엄을 인정하는 종교가 분명하다면, 그러므로 개들도 예배시간에 우리 곁에 함께 있어야 하는 것이다.

"이것이 그녀들의 주장이었다는 것입니다."

동화작가는 그 사실을 강조하면서 이야기를 계속했다.

"말하자면, 하나님이 만드신 것을 인간이 갈라놓아서는 안 된다는 것이었습니다. 그런데 나뭇가지에 모여 재재거리는 새떼처럼 시끄러운 그녀들에게 목사는 그만 정신이 나가버렸던 모양입니다. 오히려 깊은 슬픔과 죄의식을 느꼈는지도 모르는 일입니다. 왜냐하면, 목사는 다음 날 전 교인이 참석하는 '통회철야기도회'를 시작한다고 선포하고 말았으니까요."

구보 씨는 여기서 궁금증이 생겼다.

"그런데 구락부 이름이 왜 솔로몬이지?"

솔로몬처럼 현명해지기를 바라는 것이었다고 동화작가가 말했다.

"회원들이?"

"아뇨, 개들이요."

"개들이?"

솔로몬구락부 설립 취지문에 분명히 그런 내용이 들어 있었다고 동화작가는 말했다. 입가에 다시 희미한 웃음을 떠올리면서, 그는 구보 씨에게 또 다른 이야기를 들려주었다.

"『요재지이』에 나오는 이야기입니다."

어떤 선비가 절에 들어가 과거공부를 하고 있었다. 어느 날 침상

소설가 구보 씨의 초대

에 기대어 쉬고 있는데, 갑자기 방문이 열리더니 금빛 찬란한 왕관을 쓴 벼룩왕이 들어오는 것이었다. 가마에 높이 앉은 그를 뒤따라 벼룩말을 탄 벼룩군대가 물밀 듯이 들어왔다. 벼룩왕은 벼룩군대를 사열한 뒤에, 방 안에 있는 모든 해충을 토벌하라는 명령을 내렸다. 벼룩군대가 사방으로 흩어져 모기와 빈대 등 해충을 퇴치하기 시작하자, 방바닥에는 순식간에 그것들의 시체가 산처럼 쌓였다. 이윽고 토벌을 마친 벼룩군대는 벼룩왕을 앞세우고 위풍당당 방을 나가는 것이었다. 이 광경을 목격한 선비는 과거공부를 접고, 그 길로 짐을 싸서 절을 나와 버리고 말았다.

"『요재지이』 중에서도 특히 기괴한 이야기죠."

그러면서 그는 그 책이 출현하게 된 시대의 특징이랄지, 그것을 배경으로 전개되는 밑도 끝도 없는 기묘한 세계의 이야기들, 그리고 그것들이 자기의 사유에 어떤 영향을 끼쳤는지를 말하기 시작했다.

"『요재지이』에서 중요한 것은, 그 책이 명말청초(明末淸初)의 시기에 나왔다는 것입니다. 거대제국 명나라의 몰락과 이민족 청나라의 등장은 당대의 중국인들에게 엄청난 충격이었습니다. 『요재지이』를 쓴 포송령(蒲松齡)에게도 그것은 피해갈 수 없는 시대의 운명이었을 것입니다. 젊은 시절에 그는 경사 문학 철학 농상 천문

의약에 관한 책들까지 두루 섭렵했지만 과거에 실패하고 낙향하여 불우한 여생을 보냈습니다. 그러나 그는 『요재지이』로 불멸의 자취를 남기었으니, 『삼국지연의』, 『수호지』, 『서유기』, 『금병매』 등과 함께 그것이 중국의 5대 기서(奇書)로 꼽히기 때문입니다. 『요재지이』를 읽고 있으면, 산등성이로 굽이치며 솟아오르다가 사막에 이르러서야 숨을 돌리는 〈만리장성〉을 보는 듯한 느낌이 듭니다. 산꼭대기로 무거운 돌덩이를 밀고 올라가는 고대인들의 불가사의한 집념, 거대한 인간의 의지를 보는 것과 같습니다. 『요재지이』는 그래서 귀신이나 여우, 사물의 정령들이 출현하는 기묘한 세계의 이야기만이 아닌 것입니다. 그런 의미에서는, 교회에 나와 개와 함께 예배를 드리겠다고 했던 솔로몬구락부 회원들의 청원도 마찬가지입니다. 열 권이나 되는 대하소설을 일일이 손으로 베껴 필사본으로 만든 어느 문필가 지망생의 경우도 마찬가지입니다. 이것들은 우리 속에 존재하는 아이러니, 이해할 수 없는 불합리와 모순의 표적일 따름입니다. 그러므로 저는 여기서 한 가지 의문이 떠오르는 것입니다."

그리고 그는 이렇게 덧붙였다.

"문제의 핵심은, 우리는 과연 세계의 이 무의미를 어떻게 견딜 수 있는가 하는 것입니다."

여객선이 도착했다는 안내방송이 들렸다.

배가 출발하니까 빨리 승선하라는 독촉이 이어졌다.

승객과 화물을 함께 실어 나르는 큰 철선이었다. 버스는 좌석에 사람들이 앉아 있는 그대로 여객선에 올랐다. 구보 씨는 창가에 앉아 있었으나 갑판에 가려 밖이 보이지 않았다. 의자 등받이에 머리를 기대고 쉬고 있는데, 안내방송이 다시 들려왔다.

"목적지에 도착했습니다. 하선하실 때는 특히 안전에 유의하시고…… 소지품을 잊지 마시고…….'"

섬에 도착한 것은 해질 무렵이었다.

숙소에 짐을 푼 뒤에, 그들은 고인의 생가로 갔다. 그 집에서는 바다가 보이지 않았다. 바다는 일부러 가서 보지 않으면 안 되는 곳에서 혼자 철썩거리고 있을 것이었다. 집은 적막에 잠겨 고요하고, 마당에는 풀들이 수북하게 자라 있었다. 구보 씨는 모퉁이로 돌아가 추녀 밑에 서 있었다.

"그이와 간혹 숨바꼭질했던 곳이에요."

안데르센베이커리 여주인이 다가와 말했다.

"어느 날, 어둠속에서 그이가 제 귀를 만졌어요. 그이에 대한 최초의 기억이 제 몸에 남은 것이죠. 죽도록, 아마 저는 그 기억에서 벗어날 길이 없을 걸요."

생가에서 나와, 그들은 숙소로 갔다.

구보 씨는 저녁을 마치고 혼자 밖으로 나왔다.

마을을 벗어나자 해당화 덤불이 군락을 이룬 언덕 너머로 저물어가는 바다가 보였다. 바다로부터 오존과 해초와 소금 냄새를 실은 미지근한 바람이 불어왔다. 해당화 군락이 끝나는 곳에 파도와 세월에 씻긴 흰 모래톱이 나타났다. 구보 씨는 바다를 등진 그곳으로 내려가 모래언덕에 비스듬히 등을 기댔다. 등 너머로 햇볕에 달아오른 모래의 온기가 느껴졌다. 아득한 수평선 위에 불타고 있는 낙조가 보였다. 차츰 어두워지더니, 하늘에 등불처럼 매달린 별들이 나타났다. 별들은 우주의 침묵 저쪽에서 무심히 지상을 내려다보고 있었다. 아니, 지상에서 자기가 무심히 하늘을 올려다보고 있었다. 유성이 하나 사선을 그으며 주르르 흘러내렸다.

"도데의 「별」에서처럼, 고독한 영혼 하나가 지상을 떠나고 있는지도 모르는 일이지."

구보 씨는 밤의 침묵과 고독에 잠겼다.

먼 눈보라처럼 아슴아슴 졸음이 밀려왔다.

꿈속에서인 양, 그는 옛 친구를 만났다. 임보는 맨발로 혼자 바닷가를 걸어가고 있었다. 아니, 임보가 아니라 자신이었다. 등나무 그늘 아래 임보가 바둑을 두고 있었다. 아니, 임보가 아니라 자기 자신이었다. 잠에서 깨어나자 해당화 언덕 너머로 속살거리는 소리가 들려왔다. 그것이 먼 곳에서처럼 가느다랗고 애잔한 소리로 들려왔다. 안데르센베이커리 여주인인 듯했다. 아니, 미지의 여인인지도 모르는 일이었다. 키들거리는 웃음 뒤에 불그레한 신음소리가 들려오는 듯했다. 혹은 착각이었는지도 모르는 일이었다. 어둠에 가려 보이지 않는 바다로부터 격심한 입김이 실려 왔다.

"문제의 핵심은……."

포구에서 들려주던 동화작가의 말이 떠올랐다.

"우리는 과연 세계의 이 무의미를 어떻게 견딜 수 있는가 하는 것입니다. 『요재지이』에서처럼, 우리는 그것들을 퇴치해 줄 벼룩군대도 없는데 말입니다."

구보 씨는 그러자 예전에 쓰려고 했던 어떤 구절이 떠올랐다. 단어들이 모여들고, 그것들이 몇 개의 문장으로 연결되었다.

"우리는 우리의 비참과 고독을 이해해야 한다. 고독은 본질에 앞서는 우리의 실존이다. 고독을 이해한다면, 우리는 세계의 이 무의미와 비참을 견딜 수도 있을 것이다."

# 8장. 위원회 풍경

　그날 밤, 시민장례위원회가 열렸다.

　구보 씨도 참석한 그 회의에서는 원로목사가 위원장으로 추대되었다. 그런데 그는 고인을 위한 기도로부터 회의를 시작해야 한다는 말로 참석자들을 놀라게 하였다. 위원회는 33인으로 구성되어 있었다. 모르긴 해도, 그것은 아마 1919년에 발표된 저 역사적인 문서 「기미독립선언서」에 서명한 33인에서 따온 것인 듯했다. 혹은 우연이었을 것이다. 그렇지만 숫자란 대개 상징적인 기호로 사용되기 마련이어서, 장례위원회 33인도 말하자면 그만큼 의미심장한 것으로 여겨지기까지 하는 것이었다.

물론 그들이 모두 기독교인이었던 것은 아니었다. 「기미독립선언서」에 서명했던 33인들처럼, 그 중에는 목사도 있었고 스님도 있었고 법사도 있었고, 구보 씨처럼 종교를 가지지 않은 무신론자도 있었다. 그런데 원로목사는 기도로부터 회의를 시작해야 한다고 하면서, 고인을 위한 장례위원회가 공식적인 기도도 없이 그를 하늘나라로 올려 보낼 수는 없다는 것이었다. 이 대목에서부터 참석자들이 거북해하고, 노골적인 반감을 드러내는 사람까지 있었던 것은 말할 필요도 없는 일이었다.

"그렇지만 고인은 이 사악하고 불의한 시대에 드물게 보는 독실한 기독교 신자였습니다."

목사는 자기주장을 굽히지 않았다.

"기독교인이 제대로 된 기도 한 번 없이 하늘나라에 간다는 것은, 2천년 기독교 역사상 있을 수 없는 일입니다."

참석자들은 서로 얼굴을 쳐다보는 것이었지만, 그렇다고 목사의 제안이 돈이 드는 것도 아니고 해로운 것도 아니고, 실지로 고인이 기독교 신자였는지 아니었는지, 혹은 2천년 기독교 역사에 그런 사례가 있었는지 어쨌는지도 알 길이 없었으므로, 그들은 자기가 생각할 수 있는 가장 편한 자세로 앉아서 기도가 끝나기를 기다렸다.

"주여, 이 고독한 영혼을 긍휼히 여기소서!"

목사의 기도가 5분은 이어졌다.

"우리가 영원히 그를 기억하게 하소서! 우리가 영원히 그를 사랑하게 하소서! 우리가 영원히 그를……."

구보 씨는 어쩔 수 없이 쓴웃음이 떠올랐다.

"종교지도자들을 보면, 그들은 자기도 들어가지 못하면서 남도 들어가지 못하게 가로막고 있는 문지기들 같아. 그런데 그들은 이미 천국행 티켓을 손에 쥔 사람들처럼 살고 있어."

하고, 고인은 때때로 말하고는 하였다.

"그들은 세계를 해석하는 언어의 체계가 달라. 기독교로 말하자면, 성경의 대부분은 구약시대의 언어로 씌어 있어. 말하자면, 지식이나 정보가 백리에도 미치지 못하던 시대에 살던 유목민들의 언어로 기록된 것이야. 그런데 우리는 지금 달 표면에 인간의 발자국을 남긴 시대에 살고 있어. 그렇다면 우주시대에 살고 있는 사람들이 왜 유목민의 언어로 세계를 해석해야 하는 것이지?"

기도가 끝나자 회의가 시작되었다.

그런데 원로목사는 시장을 대리하여 나온 부시장을 소개하는 일로 또 시간을 끌었다. 참석자들이 짜증을 내는 것이었으나, 그는 부시장을 가리켜 도시행정의 달인, 공직자의 표상이라고 치켜세웠다. 그러면서 초등학생 때부터 '외는 기계'라는 별명이 붙었을 정도로 기억력이 비상하여, 지금도 1백여 편의 시조를 외우고 있다고 말했다. 그 많은 시조를 지금도 줄줄이 외우고 있다니, 모두들 놀라는 눈치였다. 그렇지만 잡동사니 지식을 저장하는 그런 기계 같은 기억력과 부시장으로서의 시정업무 수행 능력 사이에 무슨 함수관계가 있는 것이냐고 한 청년이 느닷없이 말꼬리를 잡고 늘어졌다. 기억력을 자랑할 것이 아니라 부시장으로서의 시정업무 수행 능력을 입증해야 되는 것이 아니냐고 따지는 말투인 듯했다. 청년이 부시장에게 또 다짜고짜 말을 걸었다.

"요즈음, 우리 시에서는 거리마다 시정홍보물이 넘치고 있습니다. 현수막이 어지럽게 걸리고, 건물마다 포스터가 덕지덕지 붙어 있습니다. 그러나 저는 그것을 시비하려는 것이 아닙니다."

청년은 이렇게 전제하면서, 시정홍보물에는 선정적인 몸매의 아름다운 젊은 여자 사진이 들어 있는데, 그 모델이 누구냐고 묻는 것이었다.

"왜냐하면……."

그러자 와아 웃음이 터졌다. 부시장이, 그것은 '자기소관'이 아니라고 대답했기 때문이었다.

"뭐요?"

청년이 벌컥 화를 냈다.

당신들은 입만 열면 '전례가 없다'고 말한다. '관행이 아니다'는 말도 한다. '예산이 없다'고 말하기도 한다. '규정에 없다'는 말도 두고 쓰는 말이다. 그런데 이제는 '소관이 아니다'는 말까지 한다. 이것이 과연 부시장이 해야 할 말이냐고 청년이 집요하게 물고 늘어졌다. 그는 「도시디자인연구회」라는 이름의 시민단체 홍보책임자라고 자신을 밝혔다.

"왜 이런 이야기를 하느냐 하면……."

하고, 그는 다시 전제했다.

광고는 한 나라 문화 수준의 척도다. 옥외광고물들, 거리를 장식하는 간판이나 포스터나 현수막들은 도시의 품격과 밀접한 관련이 있다. 지난 가을, 오랜 역사를 자랑하는 어느 지방 소도시에 가본 적이 있다. 천년쯤 전에 한 도시국가의 수도였다는 사실을 대대적으로 선전하는 도시였다. 그런데 그 도시는 중심가에서 변두리에 이르기까지 대형 광고물로 도배되어 있었다. 천박하기 짝이 없는 그런 광고물 속에서 '천년의 향기' 운운하는 것은 난센스가 아닐 수 없었다. 우리나라에 과연 광고의 규격을 제한하는 법률이 있는지도 의심스러울 지경이었다. 전문가들은 여러 가지로 설명하고 있지만, 나는 그것을 우리 속에 내재하는 '식민주의'로 규정한다. 식민주의란 힘센 나라가 힘없는 나라를 무력으로 억누르고 통치하는 지배 이데올로기다. 우리는 지난 세기 동안 일본에게 이가 갈리도록 겪어봐서 잘 알고 있다. 그런데 납치된 사람은 시간이 흐르면서 점차 납치범에게 동화되어 간다는 범죄심리학 이론이 있다. 나는 그것을 '식민주의'라 부르고 있는 것이다. 우리는 일본의 식민 지배에서 벗어난 지 오래되었지만 지금도 여전히 식민주의를 벗어나지 못하고 있는 모순에 시달리고 있다. 나는 그것이 우리나라 대부분의 도시에서 대형광고물 형태로 나타나고 있는 현실을 말하고 있는 것이다. 큰 것에 대한 병적인 선호는 그 자체가 그 속에 명백히 오염된 식민주의를 내포하고 있는 것으로서…… 그것이야말로 우리 속에 내재하는 식민주의로서…… 이렇게 길게 늘어놓은 뒤에, 청년은 '젠트리피케이션(gentrypication)'이 무엇인지 아느냐고 부시장에게 또 느닷없이 말을 걸었다.

"뭐요? 제, 제, 젠틀맨십이오?"

부시장이 더듬대자,

"젠틀맨십이 아니라 젠트리피케이션입니다."

청년은 철자 하나하나를 또박또박 발음했다.

젠트리피케이션은 지주계급 또는 신사계급을 뜻하는 '젠트리(gentry)'에서 파생된 용어로, 영국의 사회학자 루스 글래스가 처음 사용한 말이다. 글래스는 런던 서부에 위치한 하층계급 주거지역

　　　　　　　　　　　　소설가 구보 씨의 초대

이 중산층 이상의 계층 유입으로 인하여 고급 주거지역으로 탈바꿈하고, 이에 따라 기존의 하층계급 주민은 치솟은 주거비용을 감당하지 못해 결과적으로 살던 곳에서 쫓겨남으로써 지역 전체의 성격이 변한 현상을 설명하기 위하여 이 용어를 사용하였다. 젠트리피케이션이 일어나는 과정은 대도시의 교외화 현상과 관련이 있다. 도시의 발전에 따라 대도시일수록 중심 시가지에서 도시 주변으로 거주인구가 확산되는 교외화 과정이 진행되고, 이 과정에서 교외지역은 자본이 집중 투여되면서 발전하는 반면, 도심에 가까운 지역은 교외로 이주할 여력이 없는 저소득층이 거주하는 낙후지역으로 전락한다. 이에 따라 정부나 지방자치단체가 낙후된 지역을 활성화하기 위하여 재개발을 주도하는 경우도 있고, 저렴해진 땅값에 주목한 개발업자들이 지주와 결합하여 개발하는 경우도 있으며, 값싼 작업공간을 찾아 낙후지역에 모여든 예술가들이 다양한 활동을 펼침으로써 활성화되는 경우도 있다. 이런 여러 요인으로 인한 도시 재활성화의 결과로 해당지역은 주거환경이 향상되고 부동산가격 등 전반적인 자산가치가 상승하게 된다. 하지만 그에 따라 주거비용도 높아져서 원래의 저소득층 주민들은 이를 감당하지 못하고 거주지에서 점차 밀려나게 된다. 말하자면, 시대의 변화에 따라 뿌리가 뽑힌 저소득층이 삶의 터전을 잃고 변두리로 밀려나는 현상을 설명하는 것으로서······ 이런 현상을 가리켜 젠트리피케이션이라 하는데······ 청년은 이렇게 길게 설명한 뒤에,

"그런데 우리나라에서는 그것이 대부분 도시재개발사업으로 진행되면서 더욱 심각한 문제를 일으키고 있습니다. 기존의 인간중심 주거환경이 아파트 정글로 변해가면서, 수백 년 이어온 주민들의 삶이 뿌리째 흔들리고 해체되고 있는 것입니다. 심지어는 그것이 인간 본성의 파괴로 이어지리라는 불길한 전망까지 낳고 있는데······."

청년은 그러면서, 아파트 점유율이 전국에서도 상위권인 이 도시에서, 무분별한 도시재생사업으로 시민들의 삶이 철저히 파괴되고 있는 현상에 대하여, 부시장은 과연 어떤 생각을 가지고 있는지 알고 싶다고 말했다.

부시장은 그러나 자기는 그것에 대하여 말할 능력도 자격도 없는 사람이라고 하면서, 아침에 출근하자마자 각종 위원회에 얼굴 내밀기 바쁘고, 시의회가 소집되면 의원들의 논쟁을 지켜보며 몇 시간이고 죽치고 앉아 있어야 하고, 민원이 제기되면 죽을 둥 살둥 달려가야 하는 것이 자기의 일과일 따름이라고 말하는 것이었다. 청년은 그러나 자기는 그런 변명을 듣자는 것도 아니고 공직자들을 싸잡아 비난하려는 것도 아니라고 하면서, 갈수록 심각해지

소설가 구보 씨의 초대

는 도시의 난개발에 대하여 시에서는 과연 어떤 대안을 가지고 있는지 물어보고 싶었을 따름이었다고 말했다. 그러면서 그는 가방에서 무슨 종이를 한 장 꺼내더니, 그것을 읽기 시작했다.

"임보 선생님께서 돌아가시기 전에 쓰신 칼럼입니다."

회색도시, 아파트 블록이 돼가는 도시를 시민들이 살 만한 공간으로 바꾸기 위해서는 인식의 전환이 필요하다. 최근 몇 년 사이, 도시재개발 지역을 중심으로 고층 아파트들이 우후죽순처럼 들어서고 있다. 이것으로 도시 경관이 심하게 훼손되고, 마을 공동체는 파괴되고 있다. 많은 사람들의 우려와 비판이 잇따르고 있지만 난개발은 멈추지 않고 있다. 낙후된 도심의 재개발이 아파트로만 진행되고 있는 나라는 유독 우리나라에만 있는 특이한 현상이다. 고층화가 저층화보다 자산 가치나 사회성 등에서 이점이 많다는 사회적 공감대가 형성되어 있기 때문이다. 그렇지만 아파트 등의 고층화가 재산가치가 있다는 단세포적 사고를 벗어날 때가 됐다. 저층 건물로 제한된 파리시와 고층이 즐비한 서울시 중 어느 도시의 용적률이 더 높겠는가. 저층으로 이루어진 파리의 용적률이 400퍼센트인데 서울은 130퍼센트에 불과하다. 도시는 인간 중심의 공간이므로 고층화는 절대적으로 불리하다. 조망권 등의 문제뿐만 아니라, 커뮤니티 단절 등의 반사회적 기능을 갖고 있기 때문이다. 아파트 단지로 상징되는 특정구역은 블록으로 차단되면서 길을 끊어버리며 외부세계를 차단한다. 고층화 지역에서는, 도로는 다만 빨리 지나가는 통로에 불과할 따름이다. 사람들 사이의 소통은 불가능해지고, 이에 수반하는 사회적 단절은 당연한 것이다. 따라서 용적률을 높이고 사람 사이의 연대감을 높이는 저층 재개발은 도시에 활력과 생명을 줄 수 있다. 길의 중요성을 깨달아야 한다. 골목길은 도시의 실핏줄이다. 골목길에는 여러 집들이 매달려 있고, 사람들이 만나고 부딪치는 공공의 장소다. 경계가 풍성해지고, 일상과 모든 비일상이 일어나는 곳이다. 공공성이 길에서 시작되어 건물 안으로 들어와야 한다. 그런데 고층 아파트들은 닫혀 있고 타인의 접근을 거부한다. 그러므로 인간적인 도시를 만들기 위해서는, 정책 입안자들이 시민들 사이에 좋은 공공성이 만들어지게 노력하는 것으로부터 시작되어야 한다. 운운.

청년은 한참동안 그것을 읽었다.
참석자들은 조용히 귀를 기울이고 있었다.
고인의 육성이라도 듣고 있는 듯한 표정들이었다.
"아, 좋습니다. 좋아요!"

소설가 구보 씨의 초대

이때, 원로목사가 학생들을 자리에 앉히려고 애쓰는 초등학교 교사처럼 손을 저으며 나섰다.

"그렇지만 그런 고담준론은 나중에 하시고……, 왜냐하면 지금은 고인의 영결식을 논의하기 위한 엄숙하고 신성한 자리인 것이므로……."

그런데 이 대목에서 또 한 사람이 불쑥 나서는 것이었는데, 그는 자기를 〈바둑협회〉 회장이라고 소개했다.

"여러분들이 알고 계시는 것처럼, 고인은 등나무 그늘 아래 바둑을 두고 계시다가 하늘나라로 가셨습니다. 역설적으로 말하자면, 고인이 그처럼 유례없는 행복한 죽음을 맞이하실 수 있었던 것이 바로 바둑 덕분이었다는 사실을 간과해서는 안 된다는 것입니다. 우리 협회로 말하자면, 고인이 생전에 마지막 두셨던 바둑판을 보관하고 있습니다. 그분의 문학적 업적과 바둑계에 끼친 공적을 감안하여, 차제에 바둑회관을 짓기로 결정한 것이 바로 이 때문이라는 사실을 알아주시기 바라는 것입니다. 이것이야말로 우리 바둑을 세계에 알리는 역사적인 행보의 첫걸음이 될 것이라는 사실에 대해서는 손톱만큼도 의심할 필요가 없는 일입니다. 그런데 바둑회관을 짓기 위해서는 엄청난 공사비가…… 노골적으로 말하자면 엄청난 돈이…… 이것이야말로 우리 바둑협회가 당면한 준엄한 현실로서……."

그가 여기까지 말하자 또 다른 사람이 나섰다.

"고인의 생전 업적에 비춰보건대, 바둑회관보다 문학관을 먼저 지어야 한다는 것이 우리 협회의 공식 입장입니다."

이렇게 말한 사람은 〈전국문학관협회〉 부회장이었다.

"북해도에 갔을 때, 60년대를 풍미했던 소설 『빙점』의 작가 '미우라 아야코(三浦綾子)'의 문학관을 구경한 적이 있습니다. 생전에 그녀가 걸었던 오솔길 하나까지도 잘 보존되어 있는 사실에 깊은 감명을 받았습니다. 작가가 태어난 고장에서는 어떤 형태로든 그런 식으로 그를 예우하고 기념해야 한다는 사실을 거기서 배웠습니다. 그것이야말로 예술의 향기, 문화도시로서의 품격을 말해주는 것이 아니고 무엇이겠습니까?"

그런데 그의 말이 끝나기도 전에, 노벨문학상 1백년 역사에 가장 치명적인 스캔들이 무엇인지 아느냐고, 또 어떤 사람이 느닷없이 말꼬리를 잡고 늘어졌다.

"노벨문학상?"

모두들 뜨악한 얼굴인데,

"일본의 대표적 사소설(私小說) 작가로 알려진 '가와바타 야스나리(川端康成)'같은 사람에게 상을 준 것입니다."

그는 모 〈문학가협회〉 사무국장이라고 자신을 밝혔다.

일본의 사소설로 말하자면, 세계문학에서 유례를 찾아보기 힘든 낯 간지러운 문학이다. 소설이 존재하는 이유는 인생을 표현하려고 노력하는 것이므로, 소설을 쓰려면 살아 있는 사람을 그려야 하는 것이지 개인의 취향이나 성격을 그리는 것이 아니라고 말한 사람은 헤밍웨이다. 그런데 일본의 사소설들은 개인의 감정에 몰입하여, 그것이 병적 퇴폐주의로 진행될 수밖에 없는 태생적 한계를 지니고 있다. 문학이 개인적 취향에 매몰되는 것은 세계적 보편성을 추구해야 하는 문학의 사명에 정면으로 배치되는 것이다. 그러므로 병적 탐미주의에 깊이 빠진 가와바타 야스나리 같은 작가에게 상을 주었다는 것은 노벨문학상 1백년의 역사에서 일대 스캔들이 아닐 수 없는 것이다. 그런데 그보다 훨씬 미치지 못하는 미우라 아야코 같은 작가를 들먹인다는 것은…… 그가 여기까지 말하자, 그런 편견이 어디 있느냐고 항의하는 사람이 있었지만 될 일이 아니었다.

"특정작가를 폄하할 생각은 없습니다만……."

하면서, 그 사람은 계속 늘어놓았다.

문학가협회 사무국장으로서, 나는 고인도 생전에 우리 협회의 회원이었다는 사실을 공식적으로 인정한다. 신춘문예 당선 직후,

사무국 직원이 그에게서 받아놓은 〈회원가입신청서〉가 지금도 그대로 보존되어 있기 때문이다. 그러나 우리 협회 정관에 그런 규정이 있다는 사실을 여러분은 또 분명히 아셔야 한다. 회원은 누구나 회비를 납부해야 하며, 1년에 한 번씩 열리는 총회에 반드시 참석해야 한다는 규정이다. 그런데 고인은 회의에 한 번 나온 적이 없고, 회비를 납부한 적도 없고, 더구나 이제는 밀린 회비를 받아낼 희망조차 원천적으로 봉쇄되어버린 이상…… 그러므로 우리 협회에서 고인의 문학관 건립을 반대하는 것은 합법적이고 공정한 것이며, 되돌릴 수 없는 불가역성을 띤 것으로서…… 그가 여기까지 말하자, 그 사이에 기운을 차린 부시장이 반격에 나섰다.

"여러분들의 고매한 의견은 충분히 잘 들었습니다."

하고, 그는 가라앉은 어조로 말했다. 그러나 그것이 외교적 언사일 따름이라는 사실은 누구의 눈에도 확실한 것으로 보였다.

"세상에는 물론 수많은 의견들이 있을 수 있습니다. 그렇지만 그것이 뜬구름 잡는 것과 같은 것은, 우리는 대부분 그것을 실행할 능력도 의지도 없는 사람들이기 때문입니다. 스피노자가 말한 것처럼, 의견이란 못질과 같은 것이어서 두드리면 두드릴수록 자꾸 깊이 들어갈 뿐입니다. 여러분들은 지금 그렇게 헛된 망치질을 하고 있는 것입니다. 아무리 원대하고 고상한 취지에서 출발한 것일지라도 현실적인 조건이 충족되지 않으면 무용지물이나 마찬가지라는 뜻입니다. 단도직입적으로 말씀드리자면, 예산이 뒷받침되어야 벽돌 하나라도 쌓을 수 있게 된다는 것입니다. 아까 어느 분이 적절히 지적하신 것처럼, 저는 예산 타령을 하기 위해 지금 이런 말씀을 드리고 있는 것이 아닙니다. 실제로 필요할 때 돈을 주는 사람은 하나도 없다고 말한 사람은 도스토예프스키입니다. 성경에서 보자면, 보물이 있는 곳에 너희 마음도 있다고 예수께서 말씀하시는 장면이 나옵니다. 선각자들의 이런 위대한 가르침들에 비추어, 저는 현실과 의견이 어떻게 조화를 이뤄야 할 것인가에 대한 고민으로 여러분 앞에 이렇게 서 있다는 사실을 말씀드립니다. 신기루를 좇는 망상이 아니라 현실을 있는 대로 냉엄하게 일깨워드리려는 일념으로 이 자리에 서 있는 것입니다. 저는 사전에 이런 일이 있으리라는 것을 예견하고, 그래서 이 자리에 전문가 한 분을 모시고 나왔습니다."

그는 자기 뒤에 앉아 있는 사람을 소개했다.

"시 예산실장입니다."

겉늙은 모습의 안경잡이가 마이크 앞으로 나왔다.

이름까지 밝혔는데 기억에 담아둔 사람은 없었다.

"얼마 전에, 저는 유명한 '유리알통장' 아이디어로 국무총리 표창을 받은 사람입니다."

자신을 이렇게 소개하면서, 그는 계속 말했다.

말단공무원에게 국무총리 표창이 얼마나 대단한 것인지 아느냐. 후손에게 물려주기 위하여, 나는 그것을 비싼 액자에 넣어 거실에 걸어두었다. 그 명예로운 유리알통장으로 말하자면, 전적으로 국가와 민족을 위한 거룩한 우국충정에서 시작된 것이었음을 말씀드리지 않을 수 없다. 그렇지만 유리알통장을 행여나 유리섬유 소재로 만든 은행통장으로 오해하시지는 말기 바란다. 유리알통장은 일상에서 유용하게 사용할 수 있는 현실적인 것이면서 동시에 철학적 의미를 담은 획기적인 아이디어인 것이다. 일반적으로, 우리는 '횡재(橫財)'라는 말에서 '행운'이라는 뜻을 먼저 떠올린다. 그러나 횡재의 '횡' 자가 본래 '왼쪽'이라는 뜻을 가진 말인 것을 보면, 그것이 부정적인 뜻을 내포하고 있는 것임을 금방 알 수 있다. 실제로, 예전 우리 선비들은 돈을 천시하여, 혹시라도 엽전을 사용할 일이 있으면 그것을 왼손으로 집어 들었다. 성경에서 보자면, 예수님은 '오른손이 하는 일을 왼손도 모르게 하라'고 가르치고 계신다. 이 말씀의 이면을 들여다보면, 오른손은 착한 일을 하는데 왼손은 그것을 비웃고 헐뜯고 고자질하고 이간질하는 나쁜 존재라는 뜻을 강하게 내포하고 있는 것처럼 보인다. 인류역사상 가장 정의롭

소설가 구보 씨의 초대

고 공정하신 분이 누구인가. 그런데 예수님조차 '왼편' 즉 '왼쪽 것'에 대한 불공정하고 의심스러운 편견을 가지고 계셨던 것이다. 그러므로 세상의 모든 왼쪽은 부정한 것이고, 그 '왼쪽 것'의 뜻을 강하게 내포하고 있는 '횡재'는 부정한 돈의 대명사가 되는 것이다. 그래서 관청의 눈먼 돈을 횡재로 인식하는 것은…… 시청공무원이 여기까지 말하자, 도대체 웬 놈의 국어강의를 하고 있는 것이냐고 투덜거리는 소리가 여기저기서 터져 나왔다.

"그래서 말씀드리는 것인데……."

시청공무원은 그러나 자기 할 말을 다 했다.

그런데 지금 우리 형편은 어떤가. 중앙정부는 말할 것도 없으려니와, 시청이나 구청이나 동사무소에서조차 지방자치단체의 예산들이 횡재에 눈이 먼 자들의 '눈먼 돈'으로 줄줄이 새나가고 있는 것이다. 공중변소에서는 누구나 자기 집에서보다 화장지를 길게 그리고 많이 떼어 쓴다는 사실을 연구 발표한 학자가 있다. 학자라는 사람들은 별의별 연구를 다 하는 족속들이지만, 공중변소에서의 화장지 사용에 대한 인간의 심리를 분석한 이 글이 유명대학의 박사학위 논문이었다고 하니 어처구니가 없을 지경이다. 아무튼 자기 집에서보다 공중변소에서 화장지를 더 낭비하듯이, 관청의 눈먼 돈을 잘 이용하는 사람이 대단한 능력가로 치부되고 있는 이 현실이 개탄스러운 것이다. 세금이란 아무리 적은 액수일지라도 국민 한 사람 한 사람의 피땀으로 이루어진 결과라는 사실을 잊어서는 안 된다. 그러므로 나는 이것을 한 푼이라도 아끼려는 거룩한 일념으로 연구에 연구를 거듭하여 마침내 유리알통장을 창안하게 되었던 것이다. 유리알통장은 말 그대로 자금의 출처와 사용내역이 유리알처럼 투명하게 드러나는 통장이다. 사용법을 간단하게 말씀드리자면, 사업기획자는 우선 서류를 빈틈없이 잘 갖추어 해당관서에 제출해야 한다. 심사에 통과하여 지원 사업으로 선정이 되면, 신청자의 이름으로 개설된 통장이 발급된다. 통장이 발급되면 사업자금이 나가는데, 그때부터 자금의 사용내역이 시시콜콜 빈틈없이 잘 기장되어야 하는 것이다. 사용내역은 강사료, 임대료, 식대, 교통비, 통신비, 홍보비, 문구류구입비, 그리고 회원들의 구강을 청결하게 하기 위하여 구입한 껌 값까지 세세하게 빈틈없이 잘 기록되어야 하는 것이다. 껌 값 이야기가 나왔으니 하는 말이지만, 사실상 여러 사람이 모인 자리에서 지독한 입 냄새를 풍기는 자들이 있는데, 도덕적 해이가 극도에 달한 그런 자들의 입 냄새를 봉쇄하기 위하여 세상의 모든 모임에서는 빠짐없이 껌이 제공되어야 한다는 것이……

"도대체 무슨 이야기를 하는 거요?"

소설가 구보 씨의 초대

누군가 다시 항의를 했지만,

"계속하슈!"

한쪽에서는 웃고 떠들고 야단이었다.

"자, 자, 그만들 하시오!"

원로목사가 화난 음성으로 제지하고 나섰다.

"우리는 지금 고인의 영결식을 논의하는 엄숙하고 신성한 자리에 모였습니다. 그런데 여러분은 중구난방 시끄럽게 떠들어대고만 있습니다. 여러분은 과연 부끄러움이 무엇인지도 모르는 것입니까?"

그는 탕탕탕 의사봉을 세게 두드렸다.

"10분간 정회합니다!"

# 9장. 섬의 초대

다음날, 시민장 영결식이 열렸다.

행사장은 시청 앞 광장에 마련되었다. 고인이 밤중에 잠을 자다
가 계엄군에게 끌려가 고통을 당했던 그 건물이었다. 그런데 혼란
은 벌써 주차장 입구에서부터 시작되었다. 일제강점기에 지어진
그 건물에 제대로 된 주차장이 있을 리 없었다. 임시주차장에 차가
모여들기 시작하자 혼잡은 갈수록 심해졌다. 경찰관과 행사요원들
이 뛰어다니며 호루라기를 불고 마이크로 외쳐대고 있었으나 밀려
드는 차량을 감당할 수가 없었다. 광장에 수십 개 텐트가 설치되
고, 접는 의자들이 열을 지어 가지런히 놓였다. 사람들이 삼삼오오
행사장으로 들어와 자리를 잡고 앉았다. 그들은 아는 사람들끼리

악수를 나누고 안부를 물으면서, 영결식이 시작되기를 조용히 기다리고 있었다.

"날씨가 너무 좋지요?"

구보 씨의 옆자리에 앉은 사람이 말했다. 지방선거가 있을 때마다 시의원에 출마했던 사람이었다. 치과의사인 그는 환자들의 상한 이빨만 들여다보고 사는 일에 신물이 났던 모양이었다. 그런데 선거에서 번번이 실패하자 시민들 사이에 웃음꺼리가 되었던 사람이었다.

"이런 날은 유원지에 가 있어야 제격인 걸요."

아닌 게 아니라, 화창한 첫여름 날씨였다. 어디선지 아카시아 꽃향기라도 풍겨오는 듯, 대기가 신선하고 청결한 기운으로 가득했다. 산들바람이 텐트 밑으로 들어와 겨드랑이를 간지럽히며 빠져나갔다.

"날씨가 좋으면 사람들이 어디로 튈지 모르는 법이죠."

뒤쪽에 앉은 소설가가 말했다. 비슷한 연배의 작가이지만, 구보 씨와는 데면데면한 사이였다. 이 도시에서 그는 되는 일도 없고 안되는 일도 없다고 알려진 사람이었다. 작가로 행세하고 있었지만 젊은 시절에 쓴 단편 두어 편이 전부였을 따름이었다. 그런데 언제부터인지 가난한 젊은 문학도들의 후견인이 되었고, 이제는 이 도

206                    소설가 구보 씨의 초대

시 원로작가로 행세하고 있었다.

"이런 날에는 대부분 쾌락을 찾아 밖으로 뛰쳐나가기 마련이니까요."

고인은 이런 날 특히 바둑 두기를 좋아했었다고, 옆자리의 다른 사람이 말했다.

"돌아가시기 전까지 등나무 그늘 아래 바둑을 두고 있었으니까요. 이른바, 행복한 죽음이었던 것이죠. 대부분 요양원에 누워서 비참하게 죽어가고 있는 이 시대에 그것은 확실히……."

그는 바둑협회 회장이었다.

"고인이 생전에 두셨던 바둑판이 지금 우리 협회에 보관되어 있어요. 우리 협회에서는 바둑회관을 지어 그것을 영구히 보존하려는 계획을 세웠지요. 그런데 시에서는 특정단체에 예산을 지원할 수 없다고 거절하더군요, 시민단체 간의 형평의 문제랄지, 정치자금법상 지자체에서 특정단체를 지원할 수 없다는 법령으로 보아 무리라는 것이었죠. 그렇지만 관료들의 변명이나 무사안일주의가 어찌 하루 이틀의 일이던가요. 그들은 입만 열면 규정에 없다, 관행이 아니다, 예산이 없다 하면서……."

지난 밤, 시민장례위위원회에서 들었던 말 그대로였다.

구보 씨의 옆자리에 누군가 책을 놔두고 갔다. 『이야기로 이야기하다』라는 제목이 눈에 띄었다. 젊은 독자층을 겨냥해 만든 앤솔러지인 듯했다. 목차를 보니 시와 수필이 주종을 이루고 있었다. 그런데 뒤쪽에 임보의 단편이 한 편 실려 있었다. 구보 씨가 예전에 읽은 적이 없는 작품이었다.


「귀향」


사흘 전, 노인은 요양원을 나왔다.

정문 앞에서 기다렸으나 경비원이 나타나지 않았다. 자리를 비운 것을 본 적이 없었으므로 이상한 생각이 들었다. 노인은 추녀 밑으로 들어가 햇살을 피했다. 골목을 휩쓸며 불어오는 바람이 서늘했지만 햇볕은 아직 강했다. 바람에 찢긴 구름장들이 이리저리 불안하게 하늘을 날고 있었다.

들판 건너 산들의 이마 위로 작은 뭉게구름이 솟아올랐다. 그것이 점점 커지면서 다른 구름장들을 데리고 하늘 중앙으로 모여들었다. 노인은 구름 속에서 웃고 있는 아이를 보았다. 분명히 깔깔대며 웃고 있는 아이의 얼굴이었다. 뒤에서 일어난 큰 구름장이 아이의 얼굴을 들여다보고 있었다. 바람이 다시 구름장들을 찢어 사

소설가 구보 씨의 초대

방으로 흩어버렸다.

"아버님."

귓가에 며느리의 음성이 되살아났다. 눈길을 어디에 둘지 난감하기만 했던 기억도 되살아났다. 아들내외가 며칠 전 요양원을 찾아왔다. 예고된 방문이었지만 노인은 마음이 무겁게 억눌렸다.

"아버지……."

아들은 신중하게 머뭇거렸다.

"저희들…… 이혼했어요."

"네, 아버님."

미소를 지으며 며느리가 거들었다.

"며칠 전에 법원 판결이 나왔어요."

노인은 시선을 떨어뜨리고 한참동안 멈칫거렸다. 고개를 들자 며느리가 다시 미소를 보냈다. 며느리에게서 청결한 살 냄새가 났다. 오래 전에 기억 속에 들어왔지만 잊고 있었던 냄새였다. 노인은 자맥질에서 떠오르는 아이처럼 그것을 깊이 들이마셨다.

"저희들, 이제부턴 남남이에요."

아들이 옆에서 다시 거들었다.

"그래서 마지막으로 아버지를 뵈러 왔어요. 우린 이것으로 끝이에요. 이제는 만날 일이 없을 걸요."

네, 하면서 며느리가 다시 미소를 보내왔다.

어릴 적, 노인은 배에 올랐다가 물에 빠졌던 기억이 되살아났다. 골짜기 사이로 굽이치며 흐르는 작은 산골강이었다. 군데군데 강폭이 넓어지는 곳에 물고기들이 떼 지어 살았다. 어부는 그 강가 오두막집에서 정신이 모자란 아내와 어린 딸과 함께 살았다. 선머슴애처럼 강가를 쏘다니며 살던 애였다.

가을이 깊어지면, 어부는 배를 강가에 매두었다. 어떻게 그 배에 오르게 되었는지는 기억에 남아 있는 것이 없었다. 어쩌면 우쭐대는 모습을 보여 주려고 했었는지 모른다. 아직 바람끝이 매운 이른 봄이었다. 얕은 물가에 살얼음이 남아 햇빛에 반짝이고 있었다. 배에 올라 기우뚱거리다가 물에 빠졌다. 허우적거리는 그를 소녀가 건져 주었다. 소녀는 그를 강 언덕으로 데려갔다.

그곳에 작은 굴이 있었다. 소녀는 굴 입구에서 젖은 옷을 벗기고 불을 피웠다. 차가운 몸이 불기운에 녹았다. 그 사이에 깜박 잠이 들었는지 몰랐다. 눈을 뜨자 소녀가 감싸 안고 있었다. 소녀에게서 물 냄새가 났다. 아니, 살 냄새였다. 며느리에게서 다시 그 냄새가 났다. 청결한 살 냄새였다. 그것이 코를 스쳐 폐 깊숙이 스며들었다. 노인은 자맥질에서 떠오르는 아이처럼 그것을 깊이 들이마셨다. 그 속에 다시 소녀의 살 냄새가 스쳤다. 그것들이 철사처럼 예리하게 노인의 마음을 찔렀다.

"저희들, 그래서 오늘은 아버님을 뵙고……."

노인은 알았다는 말을 하려고 하였으나 되지 않았다. 가슴은 무겁게 눌리고 미동조차 하지 않았다. 아들이 곁에서 다시 거들었다.

"요양원에는 잘 얘기해 뒀어요."

아들이 출장으로 집을 비운 날이었다.

그날 밤, 며느리는 다만 미친 듯이 잠이 왔을 따름이었다.

아이는 잠결에 부드러운 베개에 얼굴이 묻혔다. 새벽녘에야 기도가 막혀 있는 아이를 발견했다. 노인은 누군가 멀리서 울부짖는 소리에 눈을 떴다. 방문 밖에서 며느리가 부들부들 몸을 떨며 울부짖고 있었다. 구급차를 불러 미친 듯이 응급실로 달려갔지만 허사였다.

아이를 공원묘지에 묻은 것은 더 큰 실수였다. 아들은 밤중에도 일어나 아이에게 달려가는 며느리를 말릴 수가 없었다. 반년 전 일이었다. 노인은 그 길로 집을 나와 혼자 요양원을 찾아갔다. 그동안에 아들내외는 이혼 수속을 밟고 있었던 모양이다. 마침내 법원에서 이혼 판결이 나왔다고 찾아와 알려주었다.

노인은 숙소로 돌아왔지만 잠이 오지 않았다.

골똘히 생각하고 있는 것 같았지만 아무 생각도 떠오르지 않았다. 슬픈 것 같았지만 무엇이 슬프고 괴로운지 알 수가 없었다. 무겁게 억눌리고 있었지만 가슴을 내리누르고 있는 것들의 정체도 알아낼 길이 없었다. 마음이 살아서 움직인다는 것은 거짓말인 듯했다. 그것은 바위처럼 움직이지 않았다. 시간과 함께 서서히 닳아져 사라져가는 것일 따름이었다.

"당분간 걱정 안 하시도록……."

통장에 예금을 남겨 놓았다고 아들이 말했다.

노인은 기운을 차리고 일어나 짐을 챙겼다. 짐이라야 세면도구와 옷가지 몇 개뿐이었다. 그 중에서 예전에 며느리가 챙겨준 내의를 골랐다. 여름이 늦어가고 있었으므로 밤에는 추울지 몰랐다. 밖으로 나오자 바람이 일고 있었다. 골목을 휩쓸고 지나가는 바람의 꼬리가 보였다. 바람이 하늘 모퉁이에서 날카로운 휘파람같이 울었다. 하늘을 가로질러 건너가는 구름장들이 땅 위에 거뭇한 그림자를 드리웠다. 노인은 그림자 속으로 걸어 정문까지 갔다. 그러나 경비원이 보이지 않아 머뭇거렸다.

"왜 여기 나와 계시오?"

그때서야 경비원이 나타나 불쑥 물었다. 빤히 쳐다보는 것이었으나 따지려는 눈치는 아니었다. 경비원은 다시 자기 일을 보러 갔다. 노인은 그 길로 요양원을 나와 빠르게 걷기 시작했다.

소설가 구보 씨의 초대

그동안, 아내는 요양병원에 있었다.

병원에서는 수술이 잘 되었다고 장담하였지만 아내의 건강은 좀처럼 회복되지 않았다. 젊어서부터 병약했던 아내는 시들시들 아픈 것이 그저 타고난 체질이려니 여기고만 있었다. 한 차례 정밀검사를 받고 나서야 갑상선에 암세포들이 깊이 침투해 있다는 사실을 알았다.

아들내외는 요양병원을 수소문하여 아내를 입원시켰다. 남해안의 어느 한적한 바닷가였다. 채식주의자들이 자기들만의 특별한 신념과 식이요법으로 말기 암 환자들을 돌보고 있는 병원이었다. 그러나 남해안의 따뜻한 바람과 대기와 햇빛으로도 아내의 몸에 깊이 침투한 암세포들을 씻어낼 수가 없었다.

마지막이 될지도 모르는 여행이었다.

아내는 유아세례로 모태신앙을 받아들인 사람이었다. 천주교 박해 시절에 피를 흘리며 지나갔던 순교자들의 길을 따라가 보는 것이 아내의 소원이었다. 그동안 이런저런 사정들이 겹쳐 떠나지 못하고 있는 사이에 암세포들이 아내를 공격했다. 담당의사의 말에 의하면, 아내는 매우 위험한 상태였다. 그동안 왜 한 번도 검사를 받지 않았느냐는 의사의 비난에도 노인은 따로 할 말이 없었다. 아내가 병원에 가기를 싫어했다고 변명할 수도 없는 일이었다. 수술

일자까지는 며칠의 말미가 있었지만 성지 순례여행은 더 이상 미룰 수가 없었다.

제주도에서의 첫날은 순교자들의 묘지참배로 이어졌다.

아내는 다음날 찾은 〈4·3평화공원〉에서 오래 발걸음을 멈췄다. 그것은 어머니가 아이를 가슴에 꺼안고 숨진 모습을 새긴 실물 크기의 조각상이었다. 철사처럼 날카로운 것이 단번에 눈과 마음을 찌르고 지나간 뒤였다.

안내자의 설명에 의하면, 소요의 불길이 섬을 불사르고 지나간 뒤에, 봄이 되자 한라산 자락을 덮고 있던 눈이 녹으면서, 눈 속에 묻혀 있던 모자의 시신이 발견되었다. 어머니는 아이를 가슴에 안은 채 총에 맞았고, 그녀가 결사적으로 꺼안고 있던 아이의 몸에도 총탄 자국이 있었다고 안내자는 설명했다.

셋째 날, 추자도로 간 것은 그곳에 '황경한의 묘'가 있기 때문이었다.

뱃길은 믿어지지 않을 정도로 잔잔했다. 그러므로 오늘 같은 날에는 누구도 따로 기도할 필요가 없는 일이라고 안내자는 웃으며 말했다. 아내는 객실 창가에 앉아 바다를 내다보고 있었다. 노인은 그런 아내를 또 멀리 떨어져 지켜보고 있었다. 아내와는 늘 그런 식으로 살아왔다. 아내가 유심히 바라보고 있는 그것이 바다만은

소설가 구보 씨의 초대

아니었을 것이라는 사실은 분명했다. 그러나 노인은 그것이 무엇인지 끝내 물어보지 못하고 말았다. 얼마 뒤에 아이가 죽었고, 오래잖아 아내도 저 세상으로 떠나고 말았다.

〈황경한은 황사영의 아들이다. 부친 황사영은 1801년 천주교 신유박해 때 '백서사건'으로 처형되었다. 모친 정난주는 관노로 제주도에 유배되었다. 그녀는 두 살짜리 어린 아들을 숨겨 데리고 가다가 추자도 외딴 바닷가에 내려놓았다. 오씨 성을 가진 남자가 아이의 울음소리를 듣고 데려다가 길렀다. 그는 저고리 동정에 숨겨진 글을 보고 아이가 황사영의 아들이라는 사실을 알았다. 그러나 17년 동안 그것을 숨기고 아들처럼 길렀다. 장성한 뒤에야 그 사실을 알게 된 황경한은 날마다 제주도가 보이는 산중턱에 올라 어머니를 불렀다. 그러나 어머니와 아들은 17년이나 또 서로 만나지 못하고 살았다. 정난주는 유배된 지 34년 만에 제주도 대정 바닷가에서 혼자 쓸쓸히 숨을 거두었다. 황경한도 죽어 그 산중턱에 묻혔다. 그가 살았던 집은 1965년에 화재로 불타 없어졌다.〉

수술 뒤에, 아내는 날마다 성당에 가서 살다시피 했다. 밤에도 찾아가 제대 앞 어둠속에 혼자 무릎을 꿇었다. 그리고 어린 시절부터 암송하던 기도문을 외웠다. 그것은 수천 년 동안 인간들이 바치던 기도였다. 그러나 머나먼 우주의 어딘가에서 신은 여전히 침묵에 잠겨 있을 따름이었다.

"주여, 한 말씀만 하소서!"

그러나 응답이 없었다.

"제가 곧 나으리이다!"

그러나 아내의 병은 깊어지기만 했다.

노인은 아이의 죽음을 숨기고 있을 수가 없었다.

아내가 입원해 있는 요양병원을 찾아갔던 날에도 바람은 심하게 불었다. 이른 봄 꽃샘추위가 옷깃에 파고드는 날이었다. 면회실 유리창 너머로 일렁이는 바다가 보였다. 노인은 시선을 떨어뜨리고, 아내에게 띄엄띄엄 아이의 죽음을 설명했다. 그러나 듣는지 마는지 아내는 아무 내색도 하지 않았다. 바람이 점점 심해지는지 면회실 유리창이 덜컹거렸다. 푸르게 일렁이던 바다가 뒤집혀 파편처럼 부서졌다. 사금파리처럼 날카로운 것들이 두 눈을 찔렀다.

"애들은…… 어때요?"

한참 만에 아내가 입을 열었다.

"응, 그저…….."

노인이 우물쭈물 대답했다.

소설가 구보 씨의 초대

"당신은…… 어때요?"

아내의 음성은 오히려 담담했다.

"응, 그저……."

노인이 다시 우물쭈물 대답했다.

"혼자서라도…… 잘 챙겨 드세요."

아내는 힘없는 팔을 들어 어서 돌아가라는 뜻의 손짓을 했다. 노인의 눈에는 그 손이 나부끼는 작은 손수건처럼 보였다. 노인에게 남아 있는 아내에 대한 기억은 그것이 마지막이었다.

다음 날, 노인은 고향의 간이역에 도착했다.

오래된 역에서 기억에 남아 있는 것은 녹슨 철로뿐이었다.

철로가 오후의 햇살을 받아 무디게 번쩍거렸다. 산비탈에 매달린 마을에서 나와, 외지로 가려는 사람들을 실어다주던 철로였다. 기차를 타기 위해서는 새벽같이 나서야 했다. 대부분 십리나 되는 산길을 걸어야 기차역이 보였다. 그것은 미지의 세계로 가는 첫 번째 문이었다. 아이들에게는 기차가 더욱 경이롭기만 하던 시절이었다. 그것은 믿어지지 않을 정도로 크고 빠르고 우람했다. 그런데 역에 도착하기도 전에 기차가 먼저 오는 경우도 있었다. 기차가 터널을 빠져나오면서 기적을 울리면 숨이 턱에 닿도록 뛰었다. 가난하지만 행복했던 시절이었다.

그런데 이제는 세월이 모든 것을 실어 가버렸다.

내왕하는 사람도 없이, 적막에 잠긴 철길 아래서 노랫소리가 들려왔다. 노인은 그 소리에 끌리듯이 철길 아래로 내려갔다. 철교 밑을 감돌아 흐르는 시내가 있고, 시냇가에 앉아 있는 소녀가 보였다. 골짜기 사이로 굽이치며 흐르는 작은 시내였다. 얕은 흐름 속에서 헤엄치고 있는 물고기들이 보였다. 피라미들이 몸을 뒤채길 때마다 비늘이 은빛 바람개비처럼 팔랑거렸다. 소녀가 돌을 던지자물고기들이 놀라 흩어졌다.

"나무를 주우러 왔어요."

시냇가에 마른 나뭇가지들이 널려 있었다. 지난여름, 홍수에밀려온 것인 듯했다. 아궁이에 지필 나뭇가지를 주우러 온 모양이었다.

"외할머니랑 살고 있어요."

노인은 소녀 곁에 앉았다.

"할아버진 여기에 웬일이세요?"

소녀의 목소리가 아내와 닮았다. 아내는 늘 속으로만 기도했다. 기도가 끝나면 겨우 '아멘'하고 가냘픈 음성으로 말했다. 누구도 외면하기 어려운 애잔한 목소리였다. 그러나 어디에서도 응답은 없었다. 아내는 서서히 닳아지는 목숨을 혼자 외롭게 버티고 있었을 따

소설가 구보 씨의 초대

름이었다.

소녀의 노랫소리는 골짜기를 지나 산등성이를 타고 먼 하늘로 사라져갔다.

노인은 여름 산에 피던 꽃들이 생각났다. 여름이 깊어지면, 세상은 온통 초록빛 천지였다. 어디에서도 한 송이 꽃조차 구경할 수가 없었다. 그러나 여름이 더 깊어지면, 기적처럼 피어나는 꽃이 있었다. 소나기에 씻긴 골짜기에서 억새나 엉겅퀴 덤불 사이로 고개를 내미는 꽃대를 볼 수 있었다. 하늘에서 내려온 듯, 밝은 주황색 화관을 머리에 얹은 산나리였다. 그 곁에 원추리꽃들이 피었다. 그것은 초록세상에서 보는 한여름의 기적이었다. 소녀는 그 꽃들이 저만큼 홀로 피어 있다고 노래했다.

가냘픈 노랫소리가 골짜기를 지나 다시 푸른 산등성이를 타고 먼 하늘로 사라져갔다.

그러나 하늘에서 소소리바람이 일기 시작하면 계절이 바뀐다. 여름 꽃들의 기억은 다만 추억 속에서나 존재하는 그 무엇으로 남아 있게 될 것이었다. 소녀도 기우는 햇살을 받으며 마을로 가버렸다. 하늘에 벌써 첫 번째 별이 돋아나 반짝이기 시작했다. 노인은 한참 더 서성이다가 역으로 갔다. 대합실은 인적도 없이 텅 비었다. 황혼이 유리창에 창백한 빛을 던졌다. 의자에 기대자 스르르 잠이 왔다. 노인은 자려는 아이처럼 옆으로 가만히 누웠다.

"영감님, 여기서 주무시면 안 돼요."

누군가 흔들어 깨우는 바람에 잠을 깼다. 역무원이 내려다보고 있었다. 대합실 안에 전등불이 켜졌지만 흐릿했다. 밤기운이 차서 견디기 어려울 것이라고 역무원이 말했다. 그는 사무실로 들어가더니 담요를 한 장 들고 나왔다.

"오늘밤만 지내고 가십시오."

그는 사무적으로 말하려고 애쓰는 듯이 보였다. 그 사이에 열차가 한 번 지나갔다. 기차에서 내린 승객 몇이 대합실 안을 흘낏 들여다보더니 가버렸다. 사방을 에워싼 어둠과 텅 빈 공허 속에 노인혼자 남았다. 노인은 담요를 덮고 옆으로 가만히 누웠다.

"여기서 뭐 하니?"

소녀가 꿈속으로 들어왔다.

"왜 혼자 여기 있어?"

소녀에게 그것을 보여주고 싶었다.

뱃전에 올라 우쭐대는 바람에 배가 기우뚱거렸다. 눈앞에서 강물이 크게 출렁거렸다. 소녀의 얼굴이 빙그르르 돌았다. 세상이 함께 빙그르르 돌았다. 그렇게 기우뚱거리다가 물에 빠지고 말았다. 소녀가 배에 올라 손을 내밀었다. 물가에 아직 살얼음이 남아 햇빛

　　　　　　　　　　　　소설가 구보 씨의 초대

에 반짝이고 있었다. 소녀는 젖은 그를 데리고 강 언덕으로 올라갔다. 바위들이 포개져 숨기 좋은 곳에 작은 굴이 있었다. 소녀가 삭정이를 주워다가 입구에 불을 피웠다. 훈훈한 기운에 눈을 떠보니 소녀가 감싸 안고 있었다. 따뜻한 체온이 전해졌다. 아니, 살의 감촉이었다. 소녀에게서 물 냄새가 났다. 아니, 살 냄새였다. 그는 다시 잠을 자기 시작했다. 아니, 꿈을 꾸고 있었는지 몰랐다.

"너희들, 여기서 뭐 하는 거냐?"

갑자기 머리 위에서 투박한 남자 목소리가 울렸다. 소녀가 발딱 일어났다. 어부는 얼마쯤 노기 띤 목소리였다. 그러나 더 추궁하지는 않았다. 강으로 물고기를 잡으러 가는지 촉고를 사려 오른쪽 어깨에 메고 있었다. 왼손에는 물고기 잡는 창을 들고 있었다. 창날이 번쩍 햇빛을 반사했다.

"여기서 놀지 말고 집으로 가거라."

노인도 집으로 가고 싶었다.

눈을 뜨자 푸른 새벽 여명이 대합실 유리창을 물들이고 있었다. 유리창에 안과 바깥 풍경이 겹쳤다. 건너편 산이 무거운 윤곽으로 다가왔다. 산자락 그늘 속에 의자가 놓여 있었다. 의자에 웬 노인이 앉아 있었다. 의자와 노인이 사라지자 산이 다가와 대합실 안을 기웃거렸다. 날이 밝자 바깥 풍경이 환하게 드러났다.

노인은 역을 벗어나 산길로 들어섰다.

골짜기 사이로 가르마 같은 산길이 이어졌다. 길들이 햇빛을 받아 희게 빛났다. 서역으로 가는 길처럼 멀고 아득했다. 산길이 끝나는 곳에 마을이 나타났다. 마을에서 한가롭게 우는 낮닭 울음소리가 들려왔다. 마을을 지나자 산비탈 경사진 밭들이 펼쳐졌다. 고추밭에서 일하는 아낙네들이 보였다. 물을 좀 마실 수 없겠느냐고 노인이 물었다.

"네, 쉬었다 가세요."

소나무 아래 깔린 자리에 두 아이가 있었다. 계집애 하나가 더 어린 동생을 돌보고 있었다. 노인은 두 아이를 물끄러미 바라보았다.

"애가 괜찮니?"

밭에서 아낙네가 소리를 질렀다. 아이가 걱정인 모양이었다. 계집애가 동생을 들여다보며 말했다.

"예, 자고 있어요."

아이는 새근새근 자고 있었다. 간혹 입을 오물거리는 것을 보니, 꿈속에서 젖이라도 빨고 있는 것 같았다.

"그래도 자리를 비우지 마라."

아낙네는 걱정이지만 일손을 멈출 수 없는 모양이었다. 수건으로 얼굴을 훔치더니 다시 밭고랑에 엎드렸다. 고춧대 사이로 아낙

소설가 구보 씨의 초대

네들의 손이 한참 더 바쁘게 움직였다.

"자, 그만하고 새참들 먹세."

아낙네들이 밭에서 나왔다. 소나무 그늘 밑으로 시원한 산바람이 불어왔다. 개미들이 바쁘게 발등 위로 지나갔다.

"영감님, 가까이 오세요."

아낙네들이 새참 바구니를 열자 삶은 감자와 달걀이 나왔다. 밀가루를 반죽하여 찐 개떡도 나왔다. 추억 속에 남아 있는 음식들이었다.

여름이 되면, 어머니는 맨드라미 잎으로 싼 밀가루개떡을 쪄 주었다. 밀가루도 구하기가 어렵던 시절이었다. 가난한 어머니는 밀가루개떡을 만드는 데도 몇 번이나 망설였다. 어쩌다 밀가루가 생기면 손바닥만한 반죽을 만들어, 그것을 맨드라미 잎 위에 얹어 밥솥에 쪄냈다. 맨드라미 잎에서 우러난 연분홍빛 물이 밀가루개떡을 물들였다. 그 빛깔 위에, 오래전 어머니의 얼굴이 스치다가 사라졌다.

"자, 드세요."

아낙네들이 삶은 달걀을 내놓았다. 어릴 적에는 달걀도 귀했다. 아버지는 장에 내다팔려고 한 알 두 알 소중하게 모았다. 열 개가 차면 짚꾸러미에 엮어 장으로 내갔다. 그러나 달걀에 대한 어머니의 생각은 달랐다.

"사람이나 짐승이나 똑같아."

하고, 어머니는 종종 말했다.

"둥지에 앉아 있는 암탉과 어쩌다 눈이 마주쳤어. 닭이 알을 낳고 있었어. 그런데 알을 낳는 순간에 눈을 질끈 감더구나. 알을 낳느라고, 저 작은 것이 얼마나 힘들었을까!"

어머니는 둥지에서 알을 꺼내려고 손을 내밀었다.

그런데 곁에서 지키고 있던 수탉이 성난 볏을 세우며 쫓아오더라는 것이었다. 어머니는 그것이 놀랍기도 하고 대견하기도 했던 모양이었다. 사람이나 짐승이나 똑같은 것이라고 입버릇처럼 말했다. 그런데 며느리는 아이를 빼앗아간 누군가에게 화를 내지 못했다. 수탉처럼 성이 나서 볏을 세우고 쫓아가기라도 했어야 했을 것이지만, 며느리는 끝내 자기를 용서하지 못했다. 그것이 서글프고 안타까웠을 따름이었다. 노인은 목이 메었다.

"왜 안 드세요?"

아니, 나중에 먹겠다고 노인이 말했다.

"살림에 보태시려구요?"

아낙네들이 깔깔대며 웃었다.

"걱정 말고 드세요. 몇 개 더 있어요."

아니, 한 개만 싸줄 수 없느냐고 노인이 말했다.

"욕심도 많으셔라."

아낙네는 그러면서 밀가루개떡과 삶은 달걀을 봉지에 담아 주었다. 아낙네들은 일이 바쁘다면서 자리에서 일어났다. 노인도 일어나 다시 산길로 접어들었다. 도중에 삶은 달걀을 먹고 나자 기운이 났다.

노인은 한낮이 기운 뒤에 고향마을에 도착했다. 그런데 마을은 텅 비고, 아는 얼굴 하나 없었다. 집들은 낡았고, 골목에 나다니는 사람도 없었다. 노인은 마을을 벗어나 어부의 집으로 갔다. 그러나 그 집도 허물어진 지 오래였다. 무릎까지 자란 쑥굴헝 속에 깨진 항아리 조각만 뒹굴고 있었다.

"오래 되었어!"

노인은 탄식했다.

세월이 너무 흘러버렸다.

노인은 다리를 끌며 강 언덕으로 올라갔다.

어린 시절처럼, 강물은 또 몇 천리나 소리도 없이 조용히 흐르고 있었다. 그것은 망각하라 망각하라 옆으로 길게 누워 탄식하고 있는 듯했다. 노인은 강물소리를 뒤로 하고 바위 사이를 이리저리 돌아 비밀의 장소로 갔다.

소녀가 굴 입구에 벌써 모닥불을 피워 놓았다. 환하게 비치던 불빛이 보이고, 젖은 몸에 끼치던 불기운도 되살아났다. 아니, 그 것은 햇볕에 달아오른 돌의 온기였다. 바위에 등을 기대자 스르르 잠이 왔다. 아슴아슴 밀려오는 졸음 속에서, 노인은 먼 우주공간을 지나 소녀와 만났다. 도킹하는 두 개의 우주선처럼 배꼽이 연결되었다. 한없이 아늑하고 따뜻했다. 노인은 바위에 모로 기대고 누워 눈을 감았다.

그리고 생애의 마지막 숨을 몰아쉬었다.


구보 씨는 책을 덮었다.

"친구여, 작별할 시간인가!"

그는 속으로 탄식했다. 임보는 절필한 지 오래되었다. 그런데 최근에는 남모르게 조금씩 작품을 쓰고 있었던 모양이었다. 그렇다면 이 작품은 그의 마지막 유작이 될지도 모르는 일이었다.

"그렇지만 사라져가는 것들이 어찌 그뿐이겠는가. 자네의 찬란한 언어는 다 어디로 갔는가. 그것들은 침묵의 강을 건너고 말았는가. 이제는 정말 작별할 시간인가. 잘 가게, 친구여!"

구보 씨의 옆자리에 누가 와서 앉았다.

"제 책을 가지고 계시는군요."

책을 돌려주자, 그 사람이 말했다.

"임보 선생님이 별세하시기 전에 나온 책이죠. 신문에 소개된 것을 보고, 이곳에 오기 전에 서점에 들러 샀어요. 저는 그분의 오랜 독자니까요. 한국어를 그분처럼 잘 구사한 작가가 없을 걸요?"

그가 더 말하려고 하는데, 행사장 입구에서 갑자기 큰 소리가 났다. 〈우리시대 젊은작가회〉라고 쓴 현수막이 보였다. 얼굴이 창백한 청년들이 의자 사이를 누비며 전단지를 나눠주고 있었다. 수염이 덥수룩한 청년이 마이크를 들고 외쳤다.

"임보는 우리 시대의 위대한 작가라고 말한다!"

사람들이 놀라서 그를 쳐다보았다.

"그렇지만 우리는 거부한다! 그는 시대의 고통을 외면한 작가다! 그는 감각의 새 지평을 연 작가라고 말한다! 그렇지만 우리는 거부한다! 그는 퇴폐적 언어의 유희에 빠진……."

다른 청년들이 뒤따라 외쳤다.

"각성하라! 각성하라!"

마이크 소리가 더 크게 울려 퍼졌다.

"행동하지 않은 양심은 불의다! 작가의 침묵은 죄악이다! 시대의 고통을 외면한 자는 지옥으로 가라!"

그렇지만 그는 다만 여기까지 외쳤을 따름이었다. 경찰관과 어깨에 띠를 두른 행사요원들이 사방에서 달려왔다. 그들은 마이크를 빼앗고 청년들을 행사장 밖으로 밀어냈다.

"저들은 구부러진 현실을 성토하고 있군요. 그렇지만 실상은 자기들의 시선이 먼저 구부러져 있다는 사실을 모르고 있군요."

책 주인이 곁에서 한마디 조용히 거들었다. 구보 씨와 잠깐 시선이 마주치자, 그는 어쩐지 서글픈 눈빛을 보냈다. 행사장이 정리되고, 뒤이어 영결식이 시작되었다.

"오늘은 눈부시게 화창한 날이지만, 지금은 우리에게 너무나 슬프고 차가운 시간입니다."

위원장은 한껏 멋을 부린 이런 말로 개회사를 했다. 장례준비위원회에서처럼, 그는 또다시 기도로부터 시작했다.

"주여, 이 고독한 영혼을 긍휼히 여기소서. 우리가 영원히 그를 사랑하게 하소서, 우리가 영원히 그를 기억하게 하소서!"

기도가 적어도 5분은 이어졌다. 사람들이 콧방귀를 뀌고 있었지만 그는 아랑곳하지 않았다.

"주여, 우리가 영원히 그를……."

시장이 추도사를 읽었다.

"존경하는 시민 여러분, 우리가 생전에 그토록 사랑했던 위대한 작가 임보 선생님을 떠나보내는 이 자리에서, 우리는 그보다 더 많

소설가 구보 씨의 초대

은 것들을 상실해야 하는 이 크나큰 슬픔 속에서……."

요령부득의 추도사가 한참이나 더 이어졌다. 그것들은 공허한 대기의 진동으로 사라져버렸다. 노제(路祭)가 끝나고, 운구차가 영결식장을 빠져나갔다. 구보 씨는 그대로 한참 앉아 있었다.

"선생님, 저예요."

휴대전화가 울려서 받아보니, 안데르센베이커리 여주인이었다.

"집에서 전화 드려요."

섬에서 돌아오자마자 알 수 없는 열에 들떠 쓰러졌다고 그녀는 말했다. 해열제를 먹고 하루 밤낮을 혼수와 같은 잠에 빠져 있었다는 것이다. 일어나보니 영결식이 끝날 시간이었다고 그녀는 말했다. 먼 저쪽에서 슬픔에 잠긴 그녀의 가느다란 호흡이 전해졌다.

'나의 혼이여!'

그녀는 R 데카르트의 일절을 문자로 보내왔다.

'너는 장기간 붙잡힌 몸이었으며, 이제야 너의 감옥에서 떠나, 이 육체의 장해에서 벗어나는 시기를 만났다. 기쁨과 용기를 갖고 이 이별을 견디라!'

사람들이 떠나고, 광장이 텅 비었다.

# 유머와 풍자 사이, 그리고 고향학(考鄕學)

김형중(조선대 교수, 문학평론가)

## 침묵의 풍자

작가 김신운은 서문에서 이렇게 말한다.

"나는 이제 조금 농담을 해도 좋을 때가 된 것이다. 농담이란 어떤 농담이든지 그 농담의 대상보다 우월한 위치를 차지한다. 농담은 고귀한 것들을 야유하는 모든 비천한 것들의 역설이며 조롱이기 때문이다. 농담을 이런 뜻으로 받아들인다면, 나는 이제 지난 세월을 한걸음 비켜서서 바라볼 수 있게 된 셈이다."

이 작품 「소설가 구보 씨의 초대」를 쓸 때, 작가가 처한 창작 상황(노년의 지혜로 세계와의 거리두기가 가능해진)과 창작 의도(대상에서 한 걸음 비켜서서 유머를 통해 조롱하려는)가 드러나는 문장들이다. 이것으로만 보자면, 작가는 '웃음을 유발하는 글쓰기'라는 일반적인 뜻으로 '농담'이라는 말을 사용하고 있는 것처럼 볼 수도 있다. 웃음을 유발하는 수사법에는 여러 가지가 있다. 재담, 해학, 풍자, 유머 등등이 그것들인데, 「소설가 구보 씨의 초대」가 취한 어법은 표면적으로는 풍자에 가장 가까운 듯하다. 하지만 이 작품이 그처럼 단순한 서사구조로 이루어져 있지 않다는 사실은 분명하다.

작품의 몇 구절만 읽어 봐도 작가가 (한때 젊은 포스트모더니스트들이 그랬듯) 깊이를 삭제한 '재담'으로 말장난할 의도가 전혀 없고, (김유정이 가장 잘 보여주었듯) 해방적이되 칼을 품지 않은 민중 언어로 '해학적' 웃음을 유발하려고도 하지 않는다는 것은 명백해 보인다. 남은 것은 풍자와 유머인데, 이 양자의 차이는 인칭의 차이일 경우가 많다. 즉, 풍자가 3인칭의 대상에 대한 공격적 웃음을 유발하는 수사라면, 유머는 대체로 1인칭의 어법으로 자기 자신에 대한 웃음, 곧 자조를 유발한다.

「소설가 구보 씨의 초대」가 표면적으로 풍자에 가깝다고 하는 것은 그런 이유 때문이다. 이 작품에서 대체로 조롱의 대상이 되는

소설가 구보 씨의 초대

것은 구보 자신이라기보다는 그가 친구 '임보'의 장례식장에서 차례차례 만나게 되는 제3의 인물들이다. 젊은 날 문학 서클 〈예감〉의 동료들, 지역 문화계 인사들, 문인들, 관료들, 종교계 인사들이 보여주는 부조리하고 어리석은 언행이 우선적으로 이 작품에서는 조롱의 대상이 된다. 반면 초점화자인 구보는 장례기간 내내 그저 그들의 일거수일투족을 듣고 지켜보고 기록만 할 뿐, 자신의 가치판단을 더하는 법도 없고 심지어 말조차 거의 하지 않는다. 작품 속에서 그의 대사는 거의 전무할 정도로 구보는 말을 아낀다. 그렇게 자신의 존재를 드러내지 않음으로써, 그는 흔히 1인칭의 형식을 취하는 유머와도 거리를 둔다. 이를테면 이런 식이다.

요즈음 우리나라 농촌은 대부분 사람들이 떠나고 마을은 폐촌이 되어가고 있다. 오래잖아 마을 자체가 송두리째 사라져버리게 될지도 모른다는 위기감에 싸여 있다. 고향집을 보존하는 것은, 그러므로 매우 의미 있는 일이 아닐 수 없다. 농촌의 붕괴가 그것으로 다소나마 지연될 수도 있기 때문이다. 정부에서도 그것을 감안하여, 고향집 보존을 적극 장려하는 정책을 추진해야 한다. 그런데 **나는** 고향에 있는 허물어진 집 하나 때문에 1가구 2주택 소유자로 되어 있다. 도시의 고급 아파트와 농촌의 쓰러져가는 초가를 똑같은 주택으로 간주하고 있기 때문이다. 현실과 동떨어진 현실이란 이런 것을 두고 말하는 것이다. 이것이야말로 당신들이 말하는 적폐, 탁상행정이 아니고 무엇인가. 관료주의란 바로 이런 것이 아니냐고 **그는 항변하려고 하였다.** (본문 p.125-126, 강조는 인용자)

문학가협회 사무국장으로서, 나는 고인도 생전에 우리 협회의 회원이었다는 사실을 공식적으로 인정한다. 신춘문에 당선 직후, 사무국 직원이 그에게서 받아놓은 〈회원가입신청서〉가 지금도 그대로 보존되어 있기 때문이다. 그러나 우리 협회 정관에 그런 규정이 있다는 사실을 여러분은 또 분명히 아셔야 한다. 회원은 누구나 회비를 납부해야 하며, 1년에 한 번씩 열리는 총회에 반드시 참석해야 한다는 규정이다. 그런데 고인은 회의에 한 번 나온 적이 없고, 회비를 납부한 적도 없고, 더구나 이제는 밀린 회비를 받아낼 희망조차 원천적으로 봉쇄되어버린 이상…… 그러므로 우리 협회에서 고인의 문학관 건립을 반대하는 것은 합법적이고 공정한 것이며, 되돌릴 수 없는 불가역성을 띤 것으로서…… **그가 여기까지 말하자.** 그 사이에 기운을 차린 부시장이 반격에 나섰다. (본문, p.197-198, 강조는 인용자)

　　　　　　　　　　　　　　　　소설가 구보 씨의 초대

위의 인용문은 작가가 택한 풍자의 특징을 잘 보여준다.

첫째로, 한 문단 안에서 발화의 주어가 각각 '나'와 '그' 둘로 나타난다는 점이 특이하다. 말하자면 두 인용문에서 공히 구보는 '나는 ~ 하다'라고 말하는 '그'를 관찰하면서 기록하고 있다. '~'에 해당하는 부분이 가치평가나 조롱의 내용을 이룰 텐데, 구보는 그 부분을 '나'로서 말하지 않고 '그'에게 말하게 한다. 그러고는 그 말을 기록한다. 말하자면 풍자의 대상을 지켜만 볼 뿐 서술자로서 개입해 그에 대한 가치평가를 일절 삼가고 있는 것이다. 그러므로 구보는 풍자가이되 지나치게 이성적이어서 풍자 특유의 공격성을 발휘하지 못하는(정확하게는 삼가는) 풍자가인 셈이다.

위의 두 인용문에서 찾을 수 있는 김신운식 풍자의 두 번째 특징은 '균형 감각'이다. 아마도 첫 번째 인용문의 발화자인 구보의 친구 '유영하'가 하는 말은 한국 사회의 농촌 정책과 현실에 대한 자못 예리한 비판으로 읽힐 수 있겠다. 그러나 저 인용문 바로 직전에 얼치기 문학 지망생이었던 유영하가 젊은 시절 보여준 우스꽝스러운 연애편지 사건이 먼저 등장한다는 사실은 아이러니하다. 말하자면 이것은 이중의 풍자인데, 유영하는 한국 관료들의 탁상행정을 풍자하는 자이지만, 그 자신도 우스꽝스러운 풍자 대상이기는 마찬가지이다.

이와 유사하게 두 번째 인용문의 발화자인 문학가협회 사무국장은 임보의 '탐미주의'를 비판하는 지역문단 내 (이른바) 정의파의 일원이다. 그럼에도 불구하고, 과장된 어투와 과도한 신념으로 인해 풍자의 대상이 된다. 즉 김신운의 「소설가 구보 씨의 초대」에서는 노스럽 프라이가 말한 '알라존' 유형의 인물도 '에이런' 유형의 인물도 공히 풍자의 대상이 됨으로써 '공격적 웃음'보다는 어떤 신중한 '균형 감각' 같은 것이 발생한다.

이 글의 서두에서, 「소설가 구보 씨의 초대」의 주된 수사가 '표면적으로는' 풍자라는 단서를 붙였던 것은 그런 이유 때문이다. 작가 김신운은 흔히 풍자가 취하게 마련인 도덕적 우위의 입장에 서지 않는 풍자가이다. 그럼으로써 그는 구보를 자신의 분신으로 작품에 등장시키되, 그에게 그 어떤 도덕적 우위도 부여하지 않는다. 그리하여 풍자 특유의 공격적 웃음을 잃은 것처럼 보이지만, 그러나 실상은 잃은 것보다 더 많은 것을 얻고 있다는 사실에 유의할 필요가 있다. 그것은 노년에 더욱 갖추기 힘들다는 '균형 감각', 말수를 줄이되 관찰을 멈추지 않는 '지혜로운 침묵' 등이다.

그러므로 나는 그가 언어의 칼을 마구 휘두르는 공격적 풍자가가 되지 않아 다행이라는 생각을 하게 된다. 누구도 타인에 대해 도덕적 우위를 점할 수 없고, 심지어 칸트의 정언 명령처럼 확고

소설가 구보 씨의 초대

한 도덕률이 존재한다는 사실조차 불확실한 시대에 풍자란 당연히 힘을 잃게 마련이기 때문이다. 이것은 작가 김신운이 작품의 서문에 쓴 그대로, '농담이란 고귀한 것들을 야유하는 모든 비천한 것들의 역설이며 조롱'이라는 구절을 다시 떠올리게 하는 이유이다. 우월한 입장에서 타인을 풍자하던 이들이 되레 풍자의 대상이 되는 사례를 우리는 얼마나 자주 봐왔는지 생각해 보면 알 수 있는 일이다.


## 고향학(考鄕學)


'침묵의 풍자'가 「소설가 구보 씨의 초대」의 형식을 이룬다면, 그 내용은 '고향학'으로 이루어져 있다. 고향(故鄕)이 아니라, 고향(考鄕)이다. 이 말은 '자신이 살아 왔고 또 살고 있는 장소에 대해 깊이 생각해 봄'이라는 의미로 이해하면 좋을 듯싶다.

그런데 필자가 굳이 '고향학'이라는 이상한 단어를 고안해낸 것은, 이 작품 「소설가 구보 씨의 초대」가 패러디하고 있는 박태원(朴泰遠)의 동명 소설을 염두에 두었기 때문이다. 중절모에 안경을 쓰고 단장과 대학 노트를 든 채 자신이 살고 있던 청계천 변을 어슬

렁어슬렁 걸어 다니면서 이제 막 현대화되고 있는 서울의 이모저 모를 기록했던 소설가가 박태원이다. 그의 그런 작업을 일컬어 어떤 비평가는 '고현학(考現學)'이라 불렀다. '현대를 깊이 생각해보는 작업'이란 의미쯤 되겠는데, 실제로 박태원이 기록한 당대 서울의 모습은 이른바 한국의 초기 '현대성'에 대한 정밀한 기록으로 읽어 무방하다.

김신운의 「소설가 구보 씨의 초대」가 정확히 박태원 소설의 그와 같은 구성에 대응하고 있다는 사실은 흥미로운 일이다. 연작 형식, 에피소드식 구성, 그리고 세태에 대한 정밀한 기록……등등. 물론 한 가지 차이는 있다. 박태원은 구보가 자기 스스로 걸어 다니면서 사람들을 만나고 에피소드를 만들게 하였다면, 김신운은 구보가 친구의 장례식장에 앉아 차례차례 문상객들을 만나고 그들의 말을 기록하고 에피소드를 만드는 구성을 취한다. 그러나 각 장을 나눠도 하나의 완결된 에피소드가 되는 연작 형식, 그리고 장례식장에 모여든 사람들의 면면을 통해 '지금 현재' 광주의 세태를 기록하는 방식 등은 크게 다르지 않다.

'고향학'이란 말은, 그러므로 작가 김신운이 소설을 통해 '현재의 광주에 대해 깊이 생각함'이란 의미이기도 하다. 여기서 '광주'라고 했거니와, 이 작품의 공간적 배경이 작가가 오래 살아온 도시 광주인 것은 분명해 보인다. 이 작품을 얼마 읽어가지 않아 우리는 금방 이런 구절과 마주하게 되기 때문이다.

대통령이 저격되고, 낯선 신군부의 등장과 함께 계엄령이 선포된 그해 봄이었다. 독재정권과 군부통치 종식을 요구하는 시위가 전국으로 확산되고 있을 때였다. 계엄당국에서는 이 도시에 무장한 군인들을 투입하여 대대적인 진압에 나섰다. 술과 마약에 취한 군인들이 길거리에서 시민을 살해하고, 대검으로 임산부의 배를 갈랐다는 소문까지 돌았다. 그 기간에 수백 명이 살해되었으리라는 소문이 돌았지만 확인된 것은 아니었다. 그것들이 아직도 선명한 핏자국의 기억으로 남아 있던 때였다.(본문, p.14)

이 소설 속에 도시의 이름이 직접 등장하지는 않는다. 그러나 이 구절만으로도 작중 구보가 어느 도시에 사는지는 명백하다. 그런 구보가, 별 말 없이 묵묵하게 친구 임보의 장례식장을 지키고 있다. 그리고 거기로 친구들이 하나하나 방문하고, 시의 관료들, 유명 문인(행세하는 자), 종교계, 문화계, 시민단체, 문인단체 인사들이 하나둘씩 방문한다.

그러나 구보는 여전히 아무 말도 아무런 판단도 하지 않는다. 다만 그들의 언행과 과거사를 자기들의 입으로 말하게 하고 그것을 받아 적어가고 있을 뿐……. 그러자 지금 현재의 광주가 깊거나 얕은 곳까지, 부끄럽거나 자랑스러운 곳까지, 수치스럽거나 당당한 곳까지 그 모습을 드러낸다.

그 모든 세태들을 여기 요약할 게재는 아니다. 다만 이 작품은 서사보다는 그런 방식으로 기록된 이 도시의 세태들이 훨씬 더 매력적인 소설이라는 말은 해 둘 참이다. 요컨대 김신운의 「소설가 구보 씨의 초대」는 냉철하지만 말수가 적은 풍자가의 눈으로 성취한 수준 높은 '광주의 고향학'인 것이다.